간호사, 행복 더하기

서울시 간호사 회원의 행복이야기

서울시간호사회 지음

도서
출판 행복에너지

간호사, 행복 더하기…

초판 1쇄 발행 2022년 10월 1일

발　　행	서울특별시간호사회
발 행 인	박인숙
편 집 인	이은화
담　　당	이주연
홍보위원장	박정선(서울특별시 보라매병원)
편집소위원장	이은화(이화여자대학교 의과대학 부속 서울병원)
위　　원	김성신(강북삼성병원)
	김은실(강동성심병원)
	서현기(경희의료원)
	유현정(강남세브란스병원)
	이현아(이화여자대학교 의과대학 부속 서울병원)
	한세영(서울대학교병원)

발 행 처	(사)대한간호협회서울시간호사회
출판등록	제315-2011-000035호
주　　소	(08296) 서울특별시 구로구 공원로 6가길 26
전　　화	02)853-5497
팩　　스	02)859-0146
홈페이지	www.seoulnurse.or.kr

편　　집	오동희
디 자 인	서보미
일러스트	정주연
전 자 책	서보미
기획제작	도서출판 행복에너지
인쇄제본	도서출판 행복에너지

값 18,000원

ISBN　979-11-92486-14-7(03810)

서울시 간호사 회원의 행복이야기

간호사, 행복 더하기…

서울시간호사회 지음

도서
출판 행복에너지

발간사

박인숙 | 서울특별시간호사회 회장

  3번의 여름과 2번의 겨울이 지나고 3번째 겨울을 맞이할 긴 시간 동안 우리는 코로나19로 일상의 행복이라는 단어를 잊고 살아온 것이 아닌지, 행복은 간호사에게 어울리는 수식어인지에 대해서 생각을 해봅니다.

  간호사라는 직업을 우연히 선택하신 분도 계실 것이고 전문가에 대한 꿈과 열정을 가지고 선택하신 분도 계실 것입니다. 그 계기가 어떻든 여러분들은 간호사로서 누군가에게 행복을 줄 수 있는 일을 할 수 있음에 감사하고, 그로 인해 행복한 하루하루를 보내고 계시는 대한민국 간호사입니다.

  편안한 손길로 환자들을 마주할 때 환자들도 편안함을 느낄 수 있음을 생각하면 이 순간 간호사들의 행복은 어디서 왔을까 궁금해지기도 합니다. 환자가 회복되어 일상을 되찾을 때의 행복, 회복된 환자가 다시 건강한 모습으로 감사의 말을 건네기 위해 찾아오는 것에서의 행복, 그리고 환자에게 상태가 악화될 증상을 미리 발견하여 적절한 치료를 받도록 하는 것에서의 행복, 이 세상에 태어나는 삶의 순간과 죽음에 다가선 환자의 가는 길에 편안함을 느낄 수 있도록 간호하면서 행복을 느낄 수 있는 우리는 간호사입니다. 누구도 행복해지는 방법을 가르쳐 주지는 않았지만, 행복은 현재 이 자리에 있었습니다.
  '병원에 있을 때 비로소 내가 나답게 느껴져 병원이 좋고, 간호사라서 행복하다.', '나는 간호사다, 나는 간호사여서 정말 다행이다.', '간호사로서 다른

4

사람들의 삶에 영향을 주는 직업이어서 소중한 존재로 생각한다.'라는 자부심 등 간호사가 간호사들에게 힘을 주는 격려의 메시지들입니다.

'우리는 참 행복한 일을 하는 사람들이구나'라는 생각이 들었다는 글에 많은 간호사가 다시 행복해질 용기를 얻길 바랍니다.

감히 말하건대 여기에 실린 글들을 적어 내려간 간호사들이 누구보다도 진솔하게 그들의 행복이야기들을 담담히 풀어내고 있는 모습에 경의를 표하지 않을 수 없습니다. 간호사들의 수많은 글 속에서 간호사이면서 일상의 철학자들을 만날 수 있었습니다.

'간호사에게 주어지는 책임감, 의무감, 사명감 속에 파묻혀 행복 찾기를 미루고 있었던 것 같다. 환자를 잘 돌보는 간호사가 되려면 나부터 돌봐야 한다.'라는 자기 자신의 행복을 찾아가는 여정을 시작한 간호사, 동료와 환자로부터 위로를 받아 행복한 간호사, 간호사들은 모두 버겁고 힘든 여정을 아름답게 기술한 인생 작가들입니다. 환자들의 행복을 통해 간호사로서의 행복을 찾아가는 그대들은 진정한 삶의 철학자들입니다.

글 한 줄 한 줄에서 환자와 간호사 자신, 그리고 동료간호사들의 행복을 생각하는 마음이 묻어나오는 글을 쓴 간호철학자들과 현장의 간호사들 모두에게 경의를 표합니다.

발간사

추천사

김민석 | 국회의원

올해 초, 제21대 국회 전반기 보건복지위원장으로서 포항지역 간호사분들을 만났습니다. 만났던 많은 분께서 간호 인력의 처우 개선과 제도적 지원에 대해 목소리를 높였습니다. 청년 간호사들이 직접 작성한 다섯 개의 메시지에는 열악한 간호 업무 환경과 더불어 간호사들이 오랫동안 환자들 곁을 지킬 수 있게 도와달라는 요청의 메시지도 담겨있었습니다. 최근 실습을 다녀온 간호학과 4학년 학생은 "내가 아닌 환자를 위해 일하겠다는 꿈을 현실로 인해 포기하지 않도록 도와달라"며 오래 일하기 어렵고 힘든 간호 현장을 생생하게 전했습니다.

긴 코로나와의 사투 속에서 간호 인력은 투철한 사명감과 헌신으로 감염병 재난의 최전선에서 국민건강을 지켜왔습니다. 의료인력에 대한 '코로나 전사'라는 찬사 속에는 수많은 간호사의 땀과 눈물이 녹아 있습니다. 세계적인 팬데믹을 통해 드러난 간호 업무환경의 고질적인 병폐를 이해하고 간호사들의 고된 직무에 진솔하게 공감해야 할 때입니다.

작년에 출판된 코로나19 수기집에 이어, 올해는 코로나19를 3년 가까이 버틴 간호사분들의 행복 이야기를 엮은 수기집 〈간호사, 행복 더하기〉가 출판되었습니다. 올해 출간된 수기집 또한 간호사와 함께하는 시민들의 일상에 또 다른 감동을 선사할 것입니다. 사소한 감사 인사와 위로, 응원의 말들이 고된 업무환경을 버틸 힘이자 가장 큰 행복이었다는 간호사들의 고백에서, 간호사 여러분들의 직업적 헌신이 얼마나 숭고한 것이었는지 새삼 느끼게 됩니다.

올해의 수기집을 통해 일선 간호사 여러분들의 진솔한 목소리를 들을 수 있어서 매우 뜻깊게 생각합니다. 국민건강과 생명 존중을 최우선의 가치로 내세우며 이를 지키기 위해 묵묵히 노력해 주신 간호사 여러분들의 노고에 다시 한번 감사와 존경의 마음을 전합니다. 늘 건강하시길 바랍니다.

감사합니다.

최연숙 | 국회의원

국내에 코로나19가 최초 발생한 지 2년 반이 지났지만, 아직도 끝이 보이지 않는 상황입니다. 장기간 감염병 유행으로 온 국민이 힘들고 지쳐있을 때 방역의 최전선, 환자의 가장 가까운 곳에는 늘 간호사들이 있었습니다. 특히 대구 · 경북지역에서 코로나19가 무서운 속도로 확산되고, 백신과 치료제조차 없었을 때 감염의 공포에도 불구하고 많은 간호사가 환자를 살려야 한다는 사명감과 희생정신으로 주저 없이 코로나19 최일선으로 달려갔습니다. 진심으로 존경과 감사의 인사를 드립니다.

간호사들은 어려운 환경 속에서도 환자의 믿음에 최상의 돌봄으로 보답한다는 일념 하나로, 간호 질 향상과 국민건강 증진을 위해 그 누구보다 앞장서 왔습니다. 덕분에 코로나19를 겪으면서 간호사들은 K-방역의 숨은 영웅으로 부각됐고, 역할과 위상에 대해 재조명을 받게 되었습니다.

하지만 스포트라이트 이면에서는 잘 보이지 않는 열악한 현실이 있습니다. 간호사는 24시간 환자를 직접 마주하며 돌봐야 하는 업무 특성 때문에 일 · 가정 양립에 어려움이 많고, 3교대로 인하여 자기 계발을 위한 시간조차 내기가 어려운 상황입니다. 또한, 일부 간호사들은 제도상 간호업무의 영역이 명확하지 않아 본인의 행위가 불법의료행위가 아닐지 매일 걱정과 불안에 시달리고 있습니다. 그 결과 이직률이 매우 심각한 수준입니다. 이와 같은 상황은 결국 간호서비스 질 저하로 이어지게 되고 최종적으로는 서비스를 제공받는 국민이 피해를 보게 됩니다.

간호사들이 행복해야 간호의 질이 확보될 수 있고, 질 높은 간호서비스를 제공할 때 비로소 진정한 환자 안전과 국민건강증진을 보장받을 수 있습니다. 이를 위해 국회와 정부는 간호사들의 처우와 근무환경을 개선하고, 간호사들이 전문성을 발휘하며 열심히 일할 수 있도록 제도를 마련하기 위한 노력이 계속되고 있습니다. 환자와 간호사 모두가 만족하고 행복한 간호 현장이 조속히 조성되어 간호서비스 질 향상으로 이어지기를 기원하며 거듭 어려운 환경 속에서 소명의식을 가지고 묵묵히 최선을 다하고 계신 간호사 여러분께 진심으로 감사와 존경의 마음을 전합니다.

마지막으로 수기집을 통해 환자의 안전과 국민건강증진, 그리고 간호 서비스 질 향상을 위해 끊임없이 노력하고 있는 간호사들의 따뜻한 마음이 많은 국민에게 전해질 수 있길 바라며, 장기화되는 코로나 상황 속에서 간호업무로 바쁜 와중에도 발간에 참여해주신 모든 간호사 여러분들에게 감사의 말씀을 드립니다.

박정선 | 서울특별시간호사회 홍보위원장

'행복'은 사람들의 제1 소원이고, 못지않게 건강이 손꼽힙니다.

새해 첫날 해돋이나 한가위 보름달을 보면서 소원을 비는 기회가 있을 때면 많은 사람의 '행복'과 '건강'을 기원합니다.

우리 간호사는 코로나 팬데믹이란 지난 한 역경 속에서 "대한민국을 간호사가 간호하겠습니다."라는 캐치프레이즈를 통해 대한민국 돌봄의 주역이 되어야겠다는 사명 의식을 확실히 하였습니다.

역경 속에서 사회적 책임을 다하는 순간에 놓이는 사람들은 특히 행복해야 합니다. 그래야 지속할 수 있는 동력을 얻게 되니까요.

간호사의 행복지수는 얼마나 될까요? 어느 순간에 행복감을 느끼고, 얼마나 자주 행복감을 느끼고 있을까요?

간호사는 교대근무로 인해 생활이 불규칙하고, 수면이 부족할 때도 많고, 건강을 잃었거나 돌봄이 필요한 사람들이 늘 곁에 있어 얼핏 생각하면 행복하기가 쉽지 않은 여건입니다. 게다가 코로나19로 인해 훨씬 열악한 상황 속에서 일하고 있는 우리 간호사들이 과연 행복할까요?

여기 간호사들이 '행복 더하기'를 들려주고 있습니다.

행복은 매우 긍정적인 감정이고, 무엇이든 도전하고 견딜 수 있는 힘을 줍니다. 간호사들이 들려주는 행복 이야기는 건강해지는 기적을 낳고, 생명을 구해 세대를 거친 파급력 있는 스토리가 있어 읽는 이에게 감동을 선물합니다. 매일 행복할 수는 없지만, 행복한 일은 매일 있어 이 순간을 펼쳐서 공유하고 있습니다.

　어려운 상황에서도 행복을 더해가는 간호사들의 이야기를 함께 한다면 가슴 찡한 행복감을 느낄 수 있고, 내가 건강하지 않아서 행복을 꿈꿀 수 없는 상황이 되었다고 해도 희망과 기댈 수 있는 사람이 곁에 있다는 든든함을 느끼시게 됩니다.

　간호사 행복 더하기와 함께 하는 모든 분이 더 행복하시기를 기원합니다!

이은화 | 서울특별시간호사회 편집소위원장

친애하는 여러분,
서울시간호사회 회원 모든 분께 '행복의 마음'을 전합니다.

간호사, 세상 밖으로 세상을 지키기 위해 우리 모든 간호사는 세상 밖으로 나왔습니다. 3년째 싸우고 있는 코로나19의 간호현장 및 일상에서 모두가 지쳐가고 일상의 행복을 잃어가고 있습니다. 엔데믹 상황을 부르짖으며, 평범한 일상이 그리워집니다.

[간호사, 행복 더하기]를 주제로 서울시 간호사분들이 경험하셨던 각양각색 다양한 '행복 이야기'를 모두가 나누며 평안한 일상에 무지개를 발견하고 우리의 행복한 모습을 되찾아 가고자 합니다.

최근 들어 간호사들에게 일어난 가슴 아픈 소식에 모두가 크게 상심하고 있습니다. 또한, 현장에서 환자를 지키는 간호사들의 열악한 근무 상황이 수면 위로 부각되고 있습니다. 너와 나 그리고 모두의 건강을 위해 '돌봄 간호'를 실천할 수 있도록 간호사들을 위한 기본적인 복지와 처우가 시급하게 개선되어야 함을 절실히 공감하고 있습니다. 촛불의 빛이 어두울 때 더욱 잘 보일 수 있듯이 요즘처럼 어려울 때 간호사의 모습이 온전히 더욱더 빛날 수 있을 것을 믿습니다. 각계각층 많은 분이 우리 간호사들을 응원하고 있고, 우리 또한 수호천사들을 응원합니다.

지금은 삶의 여백이 필요한 때입니다. 우리 간호현장마다 자신을 알고 삶에서 필요 없는 가지를 치며, 서로에 대한 신뢰로 온전히 맡기고 기다려야 합니다. 힘들더라도 포기하지 말아야 합니다.

인생은 계절과 같다는 말이 생각납니다. 봄은 '생기', 여름은 '활력', 가을은 '열매'이고 겨울은 '상실'이라고 표현합니다. 우리 간호계는 어떤 계절을 살고 있을까요…?

《《간호법 제정》》을 위한 지난 많은 시간의 노력은 정말로 눈물겨운 모습이었습니다. 이제 우리 간호계가 열매를 맺는 '가을'이길 간절히 염원합니다.

행복이란 '감사하는 마음'에서 시작되고 완성됩니다. 본 수기집을 탄생시키며 우리 간호사들의 행복한 모습들이 세상에 펼쳐질 수 있는 것 또한 크게 감사하고 행복합니다. 우리 모두 '행복한 사람'이 되기 위한 목표를 가지고 돌봄 간호를 실천하며 '행복한 간호사'로 성장하길 기원합니다.

국민의 생명과 환자안전을 위해 헌신하는 간호사 여러분께 진심으로 감사드리고 건강한 행복의 시작을 위해 더욱더 행복하시길 소망합니다.

C O N T E N T S

CONTENTS

Part 4 너와 나 그리고 모두의 건강을 위해

Part 5
국민 모두의 건강한 삶을 위해

서울시 간호사 회원의
행복이야기
간호사,
행복 더하기…

생의 시작부터
삶의 돌봄까지

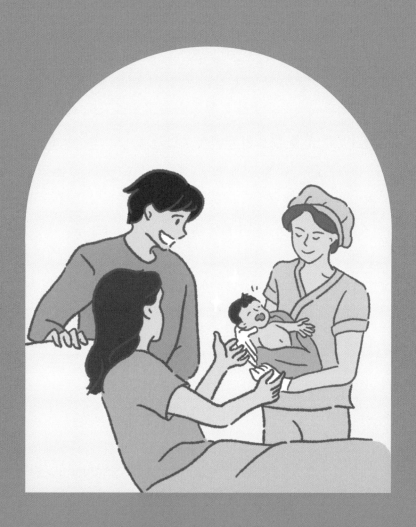

0세 아이와 90세 할아버지의 해피타임

• 김진수

신촌세브란스병원

  수술실에서 근무하다 보면 인종, 성별, 나이를 불문하고 다양한
사람들의 수술이 이루어진다는 것을 많이 느낀다. 하루에도 100건
이상의 수술들이 쉴 틈 없이 바쁘게 돌아가고, Patient Monitor[1]의
ECG[2] 소리는 끊기질 않는다. 마치 냉장고 같은 추운 공간 안에서
환자의 맥박 소리, 호흡음, 그리고 통증을 호소하는 소리침 등이 무
념의 백색소음으로 느껴지며 일상 속의 하루가 지나가곤 한다.

  냉혈한 공간 속에서 수술하는 만큼 그 분위기도 진중하거나 매우

---

1 Patient Monitor(환자감시장치): 심전도, 호흡률, 혈압, 산소포화농도 및 체온과 같은 생리학적 신호를 나
  타내주는 기기
2 ECG(Electronic Cadiac Graph, 심전도): 심장을 박동하게 하는 전기 신호의 간격과 강도를 기록하는 검사

무거울 것 같지만 실제로 수술실 안의 모습은 생각만큼 두렵거나 차갑지만은 않다. 처음 도입부에서 말했듯이 수술실은 사람이라면 그 누가 되었든 차별 없이 들어와 수술을 받는 곳이다.

수술실에서 보낸 많은 날 중 잊히지 않고 머릿속 깊은 곳에 인상 깊게 기억되는 날이 있다. 환자의 심장이 멈춰 생과 사가 오가는 응급 상황도 있지만, 하나의 생명체가 어머니의 배 속에서 나와 자신의 존재감을 세상이 떠나갈 정도로 울면서 선포하는 순간들도 있다.

하루는 이브닝 근무를 하고 있던 날이었다. 평소보다도 정규 수술이 많이 올라와 낮 근무 선생님들도 연장근로를 하며 남은 수술들을 커버하고 있었는데, 그 와중 Level A 초응급 수술이 올라왔다. 제왕절개술이었다. 유도분만 도중 자연분만을 하지 못하고 응급으로 제왕절개를 해야만 하는 응급 수술이었다. 이런 경우에는 응급 수술방이 배정되어 수술을 준비함과 동시에 환자가 수술실로 들어와 수술하게 된다.

보통 제왕절개의 경우 하반신 마취를 하고 의식이 깨어있는 상태로 수술하지만, 이렇게 수술실로 밀고 들어오는 경우 빠르게 전신마취를 한 후 아기를 배 속에서 꺼내야 한다. 보통 전신마취를 한 후 5분~10분 사이에 아기를 볼 수 있다. 엄마의 양수 안에 있다 갑자기 세상과 마주한 아기는 눈도 못 뜬 채 그저 울기만 할 뿐이다.

하나의 생명체가 태어나는 그 순간은 정말 말로 할 수 없을 정도로 아름다운 순간이다. 자기 힘으로는 아무것도 할 수 없는, 그리고 아무런 결점 없이 깨끗한 정신과 몸체를 지닌 채 인생 1일 차를 시작하는 아이를 마주한다는 것은 신비로움 그 자체이다.

이렇게 세상 밖으로 나온 아이는 곧바로 인큐베이터로 들어가 소아과에서 간호를 받게 된다. 보통 깨어있다면 엄마에게 아이를 보여주곤 하는데, 이렇게 전신마취가 되어있는 상태에서는 아이를 보지 못하고 나중에 회복한 후 마주하게 된다.

이렇게 경이로운 순간의 수술을 마무리하고 다음 수술을 커버하는데, 90세의 할아버지 수술을 들어가게 되었다. 보통 수술실에서는 나이가 많거나, 몸무게가 많이 나간다거나, 기저 질환이 많으면 어느 정도 그 수술이 힘들게 진행될 것이라는 예측을 하고 수술에 들어간다. 나 역시도 일단 수술명과 나이만 확인한 뒤 무거운 마음을 지니고 수술실로 들어갔다.

데이 근무 선생님 중에 그래도 내 동기가 들어가 있었다. 수술실에서는 수술모와 마스크를 쓰고 일해서 표정을 확인할 수 있는 건 서로의 눈동자뿐이다. 동기의 얼굴을 마주한 그 순간 눈으로 같은 Sign을 주고받았다. 말하지 않아도 쉽지 않을 거라는 시그널을 받았다.

할아버지의 수술 진단명은 Fracture femur cervicotrochanter

left[3]이었고 수술은 Closed reduction and internal fixation with intramedullary nail and screws for femur fracture[4]였다. 보통 연세가 있으신 환자분들은 기왕력도 많은 경우가 대부분이라 나이가 많을수록 기저질환 파악을 제대로 해야 한다.

인계받기로 차에서 내리시다가 발을 잘못 짚으셔서 넘어졌는데, 왼쪽으로 넘어지셔서 대퇴골이 부러지셨다. 기왕력을 살펴보니 HTN[5], CAOD[6], COPD[7], abnl PFT[8], abnl Chest CT[9], abnl CXR[10], DLB/PD without amyloid deposition[11] 정도가 있었고 Heart CT상 CAOD r/o 2vd[12] 소견이 있어 수술 후 repiratory complication[13] 이발생할 가능성이 높았다. 다행히 허리 쪽으로 수술

---

3 Fracture femur cervicotrochanter left : 좌측 대퇴 전자경 골절

4 Closed reduction and internal fixation with intramedullary nail and screws for femur fracture : 좌측 대퇴골의 비관혈적정복술과 외고정술

5 HTN(Hypertension) : 고혈압

6 CAOD(Coronary Artery Obstructive Disease) : 관상동맥 폐쇄성 질환

7 COPD(Chronic Obstructive Pulmonary Disease) : 만성 폐쇄성 폐질환

8 abnl PFT(Abnomal Pulmonary Function Test) : 비정상적인 폐기능 검사

9 abnl Chest CT(Abnomal Chest Computed Tomography) : 비정상적인 흉부 전산화 단층촬영

10 abnl CXR(Abnomal Chest X-Ray) : 비정상적인 흉부X선

11 DLB/PD without amyloid deposition(Dementia with Lewy Bodies / Parkinson' Disease) : 아밀로이드 축적이 없는 레비소체치매/파킨슨병

12 CAOD r/o 2vd(Coronary Artery Obstructive Disease) : 관상동맥혈관 중 두 곳이 50% 이상 협착이 있는 경우

13 respiratory complication : 호흡성 부전

받으신 적은 없으시고 수술이 하반신 쪽이라 척추마취를 할 수 있었다.

마취도 전신마취보다 척추마취를 하는 이유 중 하나가 의식 상태의 유/무 정도가 수술에 큰 영향을 미칠 수 있기 때문이다. 이렇게 나이가 많고 기저질환이 많을수록 전신마취 중 SpO2[14]가 떨어진다거나 저혈압이 오는 경우가 많기 때문에 최대한 의식이 깨어있으나 하반신만 마취가 되는 척추마취로 진행하는 게 관건이었다.

그런데 척추마취를 하기도 쉬운 일이 아니었다. 척추마취를 하기 위해서는 몸을 옆으로 돌려 무릎을 굽히고 최대한 허리를 둥글게 말아야 하는 자세를 취해야 하는데 이미 대퇴골 골절로 통증이 심하신 상태인 할아버지께서 취하기에는 너무 힘든 자세였다.

그래서 우리는 최대한 통증을 줄이기 위해 마약성 진통제인 Fentanyl을 투여하면서 척추마취를 성공시켰다. 거의 마취만 1시간이 넘게 걸린 것 같다. 그렇게 아프시다고 고래고래 소리를 치시면서 나 죽겠다고 하셨던 할아버지께서는 하반신 쪽에 통증 감각이 사라지니 그제야 처음으로 우리에게 웃는 모습을 보이시면서 이런 말씀을 하셨다.

"이제야 살 것 같아요."

----

14 SpO2(saturation of percutaneous oxygen) : 경피적산소포화도

"하늘만큼 땅만큼 좋습니다."
"해피타임이에요 해피타임!"
"살게 해주셔서 고맙습니다."

불과 5분 전까지 우리를 때리며 수술 안 받겠다고 하셨던 분과 동일 인물이 맞는지가 의심스러울 정도로 달라지신 모습을 보였다. 할아버지께서도 아픈 순간에는 주변이 안 보이시고 지금 당장 느껴지는 고통이 가장 큰 문제이기 때문에 그러셨다는 것을 충분히 이해한다.

척추마취도 한 번에 되지 않아서 몇 번이고 마취제를 주입했는데 우리 의료진 입장에서는 정말 큰 산을 넘는 순간이었다. 척추마취가 안 되고 전신마취가 되는 순간 이 수술방 안으로는 Emergency Cart[15]가 들어와서 혹시 모를 사태에 대비하여 최악의 순간까지도 생각해야 했다.

하루 중에도 0세에 이어 90세의 수술을 들어간 적은 처음이었다. 약 1세기가 지나는 차이의 나이를 보이는 두 분의 수술에 참여해 보니 말로는 표현할 수 없는 이상한 감정이 올라왔다. 냉정하게 말하면 한 명은 이 인생의 첫 시작을 알리는 울음을 터뜨리는데 한 명은 힘든 인생의 시간을 지나쳐 지칠 대로 지쳐버린 울음을 터뜨리는 것

....
15 Emergency Cart(응급카트) : 심폐소생 및 응급 약물적 처지가 가능한 손수레

이니 같은 울음이라도 다른 메아리가 울렸다.

수술실 간호사로 일하면서 우리는 환자와 마주하는 순간이 아주 짧다. 때로는 마취가 되어있는 상태로 만났다가 회복실에서 30분 정도 회복하는 시간 정도를 마주하는 것이 전부라 담당했던 환자가 건강하게 퇴원했는지, 수술 후 합병증은 나타나지 않는지에 대해서는 모르기도 한다. 그래서 환자와 깊은 라포를 쌓기가 거의 불가능하다고 봐야 한다.

어떻게 보면 수술실 업무에 대해서만 집중할 수 있다는 장점이 될 수도 있겠지만, 환자의 전반적인 회복 과정을 지켜볼 수 없다는 점이 아쉬울 때도 있다. 그래서 수술 후 간호는 어떤 식으로 이뤄지는지, 회복은 어떻게 하는지에 대해 궁금해지기도 한다.

그래서 나는 더더욱, 짧은 시간이지만 옆에서 간호하는 시간만이라도 최대한 환자에게 다가가고 환자가 주로 호소하는 상태에 대하여 들어주려고 노력하고 있다. 말할 수 없는 0세의 아이라도, 온몸으로 자신의 고통을 호소하시는 90세의 할아버지라도 우리의 도움이 필요한 순간의 대상자이기에 우리는 최선의 간호를 해야 할 뿐이다.

모두가 행복한 해피타임을 맞이하기 위해서
환자도, 우리 간호사도 서로에게 담백한 해피를 건네고 싶다.

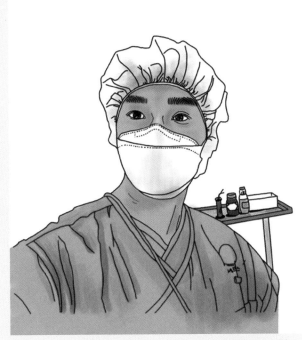

0세 아이와 90세 할아버지의 해피타임_김진수(신촌세브란스병원)

간호사로서 나의 행복

• 신정란

이화여자대학교 의과대학 부속 서울병원

2021년 1월 1일 아침,

가족들은 여느 새해처럼 설레는 마음으로 어머니께서 준비하신 떡국을 먹으며 들떠 있었다. 우리는 새해가 되어 2살이 되는 포메라니안 종의 강아지 라이언을 키우고 있었다. 떡국을 먹고 설거지하는 사이 거실을 보니, 가족들이 떡국에서 발라준 고기를 라이언이 먹고 있었다. 아버지가 장난으로 라이언을 살짝 건드렸고, 먹던 것이 걸렸는지 "켁켁"거렸다. 하지만 포메라니안 견종의 특성상 기도가 좁아 평소에도 자주 그랬기에 괜찮아질 거라고 생각하고 각자 하던 일을 하였다. 그런데 설거지를 마치고 라이언을 보니, 나를 빤히 쳐다보다가 픽하고 옆으로 쓰러지고 마는 게 아닌가. 너무 놀라서 라이언을 살피면서 일으켜보려고 하였지만, 숨을 쉬지 못하고 혀를 옆으로 떨군 채 파랗게 변해가고 있었다. 가족들이 모두 놀라 뛰쳐나왔고,

나는 목에 걸린 고기를 빼주기 위해 하임리히법을 시도해 보았지만 소용이 없었다.

언니가 택시를 잡아놓고 아무 외투나 걸치고 라이언을 들쳐 안고 가면서 CPR을 하였지만, 몸은 더 늘어져갔다. 공휴일에도 문을 여는 동물병원을 알 수가 없어 택시 아저씨한테 사정을 말하면서 이동하던 중, 멀지 않아 24시간 동물병원에 들어갈 수 있었다. 도착하자마자 "응급상황이에요!!!"라고 소리를 지르자 직원이 왔고, 바로 라이언은 진료에 들어갔다.

한 10분쯤 지났을까…. 직원이 나와서 라이언이 세상을 떠났으니 와서 보라고 하였다.

들어가 보니, 기도삽관과 정맥주사 등을 시도한 흔적들이 보였고, 테이블에 라이언이 누워있었다. 도착했을 때 이미 심장박동이 없었고, x-ray 촬영상 딱히 기도에 이물질은 관찰되지 않았다고 하였다. 나는 라이언을 안고 달려오면서 돌이킬 수 없는 상태임을 직감하였지만, 의사에게 사망 판정을 들으니 눈물이 하염없이 흘러내렸다. 그렇게 라이언을 집으로 데려와서 아직 따뜻한 손을 잡고 하루를 함께하고 다음 날 장례를 해주었다.

새해부터 이게 무슨 일인지… 우리 가족들은 모두 어안이 벙벙하였고, 나는 아직도 라이언이 쓰러지기 전 나를 보던 마지막 눈빛을 잊을 수가 없다. 이 일로 인해 가족을 잃은 슬픔이 어떤 것인지 느껴지면서 감히 비교할 순 없겠지만 자식을 잃은 부모는 정말 살 수 없을 것 같다는 생각을 하였다. '강아지의 기도 이물질을 제거하는 방법을 제대로 알고 빨리 제거했더라면, 강아지를 위한 심폐소생술을 내가 미리 공부하였더라면, 우리 강아지를 살릴 수 있지 않았을까'라는 자책과 후회가 계속 밀려왔다.

이 일 이후로 분만실 간호사로 근무하는 나는 내 자신과 한 가지 다짐을 하였다.

'우리 병원에서 출생한 어떤 아이도, 초미숙아일지라도 절대 쉽게 보내지 않겠다!!! 나와 우리 의료진이 할 수 있는 최선을 다해서 한 생명이 살아 이 세상에서 부모와 함께 행복한 삶을 살 수 있도록 하겠다!!!'

개원 후 3년 차인 우리 병원은 대학병원으로서 많은 고위험 산모들이 입원하고 있다. 불임이 많아지고 체외수정을 통한 임신이 늘어나면서 쌍둥이를 임신한 고위험 임산부도 늘어나는 추세이다. 37주 이전의 조기 양막 파수나 자궁경부 길이가 짧은 조기 진통 산모들은 조산의 가능성이 매우 높아 입원하여 화장실에 갈 때와 식사할 때를 제외하고는 편하게 씻지도 못하고 침상안정을 하며 아기가 하루라도 더 유지되기를 기도하는 마음으로 보내게 된다. 28주 미만의 미숙아들은 하루하루가 다르기 때문에 최대한 임신주수를 유지해야 하므로, 엄마들은 모든 불편함을 감수하고 오직 아이가 배 속에서 잘 크기만을 바라게 된다. 이를 위해 산부인과에서는 미숙아의 폐성숙 및 뇌신경 보호를 위한 치료를 하며, 혹시라도 모를 조산의 상황을 준비하면서 임신주수를 하루라도 더 끌기 위한 최선의 노력을 한다.

하지만 분만이란 정말 그 누구도 알 수 없기에 언제 어떻게 아기가 태어날지는 아무도 모른다. 결국 산모마다 분만의 날이 다가오게 되고, 분만을 하게 되어 신생아 중환자실로 옮겨진 아기는 살리기 위한 의료진들의 최선을 노력을 받게 된다. 그동안 우리 병원에서 1,000g 미만의 초미숙아가 많이 출생했지만, 아직 한 명도 살리지 못한 아기가 없다는 사실에 너무 감사하고, 이는 부모는 물론 산부인과와 소아청소년과를 포함한 모아센터 의료진의 열정과 살리고자 하는 간절함이 이룬 결과일 것이다.

그동안 가장 심장을 쓸어내린 순간을 기억해 보면…

쌍둥이 임신 후 임신성 고혈압으로 입원치료를 하던 산모가 혈압 조절이 안 되고, 단백뇨가 심하게 배출되면서 더 이상의 임신 유지가 위험하여 28주경 출산을 하게 되었다. 비교적 아기들은 건강히 태어났고 신생아중환자실에서 치료를 받게 되었다. 분만 후 2일째, 산모 라운딩을 위해 병실로 들어가니, 산모가 신생아중환자실로부터 전화 연락을 받고 있었고 표정이 사색이 되더니 곧장 뛰쳐나갔다. 전화 내용인즉슨 쌍둥이 중 한 명이 산소포화도가 떨어지고 심박동이 느려지면서 심폐소생술을 지속하고 있으나, 소생 가능성이 적으니 마지막으로 아기를 면회하라는 것이었다. 나의 가슴이 같이 내려앉으며, 울며 뛰쳐나간 산모가 과연 이 슬픔을 어떻게 감당할 수 있을까 생각하니 나조차도 눈물이 나서 어떤 위로의 말도 할 수가 없었다. 그렇게 아기를 마지막으로 안아주고, 아이가 폐출혈이 너무 심해 힘들어하고 있으니 보내줘야 할 것 같다는 말을 듣고 퇴근하였다. 그런데 이게 웬일인가. 다음 날 출근하여 다른 쌍둥이 아기의 상태를 살펴보기 위해 전산을 열어보니 어제 곧 세상을 떠난다는 아기가 아직도 살아 있었다. 확인해 보니, 어제 부모와 마지막 면회를 하고 나서 아기의 심박동수와 산소포화도가 회복되어 다시 안정 상태를 찾게 되었다고 했다.

오~ 주여!! 너무 감사합니다. 정말 기적이란 이런 것일까? 마지막 인사를 한 아기가 부모의 간절함을 느낀 것일까? 나는 너무 신기하고 감사한 마음에 벅찬 감정을 추스를 수 없었다. 그 이후 여러 고비가 있었지만, 두 쌍둥이는 모두 건강하게 퇴원하여 부모의 품으로 돌아갔다.

분만실은 아기의 삶과 죽음이 있을 수 있기에 더욱 행복하고, 더욱 슬픈 곳인 것 같다.

사람들은 종종 묻는다. 파트장이 일반간호사처럼 직접 환자를 보는 것이 힘들지 않냐고, 또는 분만실에 오래 있으면 지루하지 않느냐고…. 하지만, 나는 지금도 한 생명을 살리기 위해 최선을 다하는 부모와 의료진의 노력 끝에 힘든 상황을 이겨내고 아기가 태어나는 순간 희열을 느끼고, 마침내 건강하게 부모의 품으로 안기는 아기를 보며 말할 수 없는 행복감을 느낀다.

　세상에 많은 종류의 행복이 있겠지만, 내가 간호사로서 누군가에게 행복을 줄 수 있는 일을 할 수 있음에 감사하고, 그로 인해 오늘도 행복한 하루를 보낸다.

5번 방의 행복(行福) : 복을 행하다

● 전지혜

강북삼성병원

어렸을 적부터 행복을 가져다주는 간호사가 되기를 늘 꿈꿔왔다. 현재는 혹독하다면 혹독한 신규 간호사 시절을 지나 강북삼성병원 류마티스내과에 외래간호사로 근무 중이다.

미래의 나를 또렷하게 그려나가기 위해, 오늘도 다른 날과 다름 없이 책임감과 사명감으로 환자들에게 다가가고 있다.

류마티스류머티즘란, 과도해진 면역세포가 내 몸을 공격하여 생기는 자가 면역 질환을 말한다. 이런 만성 질환을 가진 환자들을 교육하고 치료, 간호하는 것이 나의 주 업무이다.

류마티스 질환을 가진 환자들은 희귀하다. 당뇨, 고혈압처럼 완치가 없는 이 병에 대해 슬퍼하고 절망하는 환자들이 많이 있지만 저마다 고통을 이겨내고 삶을 살아내고 있다.

"안 교수님, 교수님 덕분에 제가 3개월 잘 살았습니다. 앞으로 3개월도 잘 지내고 오겠습니다. 교수님이 저를 살리셨어요. 그때 교수님이 아니었으면….″

외래 진료실이라는 1평 남짓한 공간에서 환자들이 담당 주치의를 만나 그간의 상태를 체크하고 가는 시간은 길어야 5~10분이다.
이 시간은 다음 내원까지 그들을 지탱해 주는 힘이 되기도 하지만 가끔 절망의 시간이 되기도 한다.

김 모 환자는 염증성근염으로 골격근을 침범하여 근육과 근력저하를 초래하는 원인 불명의 전신적인 류마티스 질환을 앓고 있다.
처음 류마티스내과에 왔을 때 5개월간은 본원 류마티스내과에 입원하여 약물치료를 하였고, 입원 당시에는 거동 자체가 불가능했다. 하지만 환자도 의료진도 포기하지 않았으며, 꾸준한 치료를 한 끝에 걸어서 퇴원할 수 있었다.
간호 스테이션까지 걸어 나오는 환자를 보고 그 당시 근무하던 간호사들이 "걸을 수 있었어요?"라며 모두 깜짝 놀랐다고 한다. 걷지 못했던 사람을 걷게 한 기적과 같은 일로 의료진과 환자 모두에게 감동의 사건으로 기억되고 있다고 들었다.

"교수님, 오늘 제 혈액검사 수치 너무 안 좋죠?"
얼마 전 외래였다. 방을 들어오며 자신의 상태와 피검사를 예상하는 김 모 환자. 그의 예상대로 혈액검사 결과는 좋지 못했다. 근육 수치도 상승되어 있었고, 간 수치도 나빴다.

"주신 대로 약도 잘 먹었고, 나쁜 음식도 안 먹고요, 건강한 생활을 하려고 하는데 왜 이렇게 수치가 안 좋아지는 걸까요?"

10여 분의 상담 후에 나온 환자는 참았던 눈물을 흘리기 시작했다.

"또다시 걸을 수 없을까 봐 걱정돼요 선생님."

절망하고 있던 환자에게 나는, "류마티스, 자가 면역 질환은 교수님 말씀처럼 늘 일정하지 않고, 산불과도 같아서 작은 불씨만으로도 병이 들썩 들썩거릴 수 있어요. 이건 결코 환자분 탓이 아니에요. 이전에 걸을 수 없다고 생각했지만 결국 걸을 수 있게 됐던 그때처럼 절망하지 말고, 이겨내 봐요."라고 건넨 후 처방된 약을 교육시키고 귀가시켰다.

한 달 뒤 환자는 이전보다 나아진 수치로 재방문했다. 환자는 그때를 회상하며, 의사 선생님과 간호사 선생님이 손 한번 잡아주고 말해줬던 그 순간으로 인하여 절망하고 걱정했던 짧은 시간을 후회하고 다시 힘을 얻어갈 수 있었고, 이번 외래에 올 때까지 살 용기를 낼 수 있었다고 말했다.

김 모 환자의 일화처럼 '행복'과 '슬픔'이 교차하는 이 시간은 하루에도 수십 번 반복된다. 그렇기 때문에 외래에서 환자를 볼 때면 단순히 처방을 안내하는 것뿐만 아니라 환자에게 건네는 한마디 한마디가 직무의 일부임을 명심하고 간호에 임하게 된다.

행복幸福이란, 충분한 욕구가 충족되어 만족감과 기쁨을 느끼는 상태라고 한다. 나는 희귀하고 완치가 없는, 어쩌면 너무나도 암울한 병을 앓고 있는 그들의 삶 속에 잠시나마 생의 욕구와 만족감을, 행복을 전할 수 있는 그런 간호사가 되길 늘 기도하며 근무하고 있으며, 그런 내가 자랑스럽고 행복한 간호사라고 생각한다. 오늘도 환자들이 잠시 머무는 병원이라는 곳에서 늘 행복감을 전하고 힘을 줄 수 있는 의료진이 되길 바라본다.

5번 방의 행복(行福) : 복을 행하다_전지혜(강북삼성병원)

행복의 실마리

● 홍소연

이화여자대학교 의과대학 부속 서울병원

사실 이 글은 그다지 행복한 이야기가 아닐 것이다. 밝은 이야기도 아니고, 즐거운 이야기도 아니다. 이 글을 읽은 간호사들이 어떤 생각을 할지도 잘 모르겠다. 누군가는 공감을 할 수도 있고 누군가는 매너리즘에 빠진 간호사라고 생각할 수도 있겠다. 다만 나는 내가 간호사로서 일하면서 느낄 수 있는 다양한 행복 중에 조그마한 실마리를 잡아낸 것을 이야기하고자 한다.

고등학생 시절, 부모님은 내게 이런 이야기를 한 적이 있다. 만약 당신께서 사고가 나거나 큰 병이 들어 중요한 결정을 해야 하는 때가 온다면 미련 없이 보내달라는 이야기였다. 어렸던 나는 무슨 그런 소리를 하냐며 다시는 그런 말 하지 말라고 했었다. 그러나 이제 나는 중환자실에서 근무하는 간호사가 되었고, 부모님이 그런 이야

PART 1_ 생의 시작부터 삶의 돌봄까지

기를 꺼낼 때 기꺼이 편안하게 보내드리겠다는 약속을 하는 딸이 되었다.

간호사는 다양한 곳에서 일하고 다양한 환자들을 만난다. 그중 누군가는 건강을 회복하고 일상으로 돌아가지만, 누군가는 가족과 이별을 하기도 한다. 내가 일하는 내과계 중환자실은 바깥의 일반적인 시선과 인식과는 달리 일상을 회복하는 환자를 쉽게 보지 못하는 경우가 많다. 대부분 7, 80대 이상 고령의 환자가 수많은 지병을 갖고 오며, 중환자실 입퇴실을 반복하거나 이미 요양병원 등에서 치료를 받던 도중 악화되어 오는 경우도 많다. 많은 환자들이 회복되더라도 요양병원으로 가거나 영구적인 불편함을 안고 돌아간다. 그럼에도 많은 보호자들이 희망을 갖고 가족의 회복 가능성을 믿는다. 간호사와 의료진도 환자의 회복과 안정을 위해 노력과 최선을 다한다.

하지만 세상의 인식은 변하고 있고 웰빙Well-being에 못지않게 웰다잉Well-dying 역시 주목받고 있다. 죽음은 불길한 이야기라며 터부시되던 옛날에 비해, 사람들은 어떻게 죽음을 맞이할 것인가에 대해 고민하게 되었다. 건강한 삶, 품위 있는 삶에 대한 관심이 높아지면서 자신의 죽음 그리고 가족의 죽음에 대해 생각하게 된 것이다. 평균 수명이 늘어나고 노인 인구가 증가하면서 인생 계획에 있어 죽음을 고민하게 된 것도 영향이 있을 것이고, 과거 '보라매병원 사건'과 '김 할머니 사건' 등이 사회에 윤리적 시사점이 되었던 것도 방아쇠 역할을 했을 것이다. 해외의 여러 국가들에서 다양한 존엄사 제도가 발의 및 시행되는 것은 이것이 비단 우리나라만의 인식 변화가 아니라는 것을 보여준다. 현재 호스피스 병동에 입원하기를 바라는 환자들뿐만 아니라 DNR[1]심폐소생술 거부, 그리고 연명치료 거부에 대한 동의 및 사전연명의료의향서를 작성하는 사람들도 늘어나고 있다. 사랑하는 가족의 죽음이 엄청난 죄책감과 슬픔, 충격과 부담감을 동반한다는 것을 고려하면 이는 절대 쉬운 결정이 아닐 것이다.

모든 결정은 비난받을 수 없다. 보호자가, 그리고 환자가 평범한 일상을 꿈꾸고 사랑하는 사람들과 함께하는 미래를 생각하면서 회복을 기다리는 것을 누가 비난하겠는가. 반대 역시 마찬가지다. 환자의 앞으로의 여정에 그런 행복했던 일상이 돌아오지 않고 생명유지장치와 각종 약물에 의존해서만 살 수 있다는 의료진의 판단을 근거로 보호자들이 환자와의 이별을 준비한다면, 그것 또한 존중받아야 할 결정이다. 국가는 그 결정이 오용, 악용되지 않도록 다양한 법적 장치를 준비했다. 의료진은 국가가 정한 합법적인 절차를 거쳐 환자의 마지막을 준비한다. 간호사는 보호자와 환자의 결정에 따라 정해진 방향으로 간호를 제공한다.

---

1 DNR(Do not Resuscitate, 심폐소생술 거부): 호흡 정지 상태나 심장무수축 상태가 되었을 때 전문심폐소생술이나 심폐소생술 따위의 조치를 취하지 않는 것

사실 환자의 회복에 집중한다면 의료진의 결정은 어렵지 않을 것이다. 그저 환자의 상태에 따라 최선의 치료와 간호를 제공하면 된다. 하지만 DNR 또는 연명치료 거부 환자에 대한 의료진의 결정은 쉽지 않다. 기술적으로는 이 환자가 정말 회복 가능성이 없는 환자인지 의학적인 판단을 내려야 하고, 어디까지 치료를 제공할 것인지에 대해 결정해야 한다. 심리적으로는 환자가 생존해 있는 상태에서 사망을 전제로 추가적인 치료를 제공하지 않는다는 것, 환자에게 최선을 다하지 않은 채 잘못된 판단으로 환자의 생명을 좌지우지하는 것은 아닌지에 대한 부담감 등이 의료진의 결정에 영향을 줄 것이다. 그렇다면 간호사는 이런 상황에서 어떤 마음을 갖고 간호를 제공해야 할까.

　대부분의 간호사는 환자가 회복되어 일상을 되찾을 때 행복을 느낄 것이다. 사소하게는 환자에게 잘못된 치료가 제공되지 않도록 사전에 방지하는 것이나, 회복된 환자가 다시 건강한 모습으로 찾아오는 것에서도 행복을 느낄 수 있다. 그렇다면 회복 가능성이 없는 환자를 간호하면서는 행복을 전혀 느낄 수 없는 것일까. 어려워 보이는 이 문제에 대한 해답은, 학생 때 배웠던 전인적 간호에서 근본적으로 찾을 수 있다.

　보호자가, 환자가 DNR 또는 연명치료 거부를 결정했다고 해서 그것이 환자를 포기하고 방치해야 한다는 의미는 아니다. 존엄하고 고통 없는 죽음, 인간답고 자연스러운 이별을 준비하는 과정을 마련해야 한다. 간호사는 그 과정을 돕는 것이고 환자의 죽음, 보호자의 이별과 슬픔을 돌봐야 한다. 보호자와 환자 모두에게 인간 중심적이고 마음의 치유를 동반한 전인적 간호를 제공하는 것이 간호사의 의무이다. 보호자가 어렵게 내린 결정은 간호사가 어떤 간호를 제공하는가에 따라 후회 없는 결정이 될 수도 있고, 반대로 그 본질이 더럽혀질 수도 있다. 환자가 단순히 회복 불가능 상태에서 죽음을 맞이하는 것과 회복 불가능한 환자임에도 여전히 존중받아 마땅한 인간이며 그에 걸맞은 죽음의 과정을 밟는 것은 천지 차이이다. 간호사는 이 큰 차이를 만들 수 있다.

중환자실 간호사는 때때로 보호자와 환자의 결정과는 상관없이 환자를 누구보다 가까이서 돌보면서 환자의 회복 가능성이 희박하다는 것을 예상할 때가 있다. 생명유지장치와 마약성 진통제, 각종 약물에 의존하면서 최선의 치료를 제공받지만 환자의 검사 수치와 상태는 점점 나빠져 가는 과정을 지켜본다. 그리고 안타깝게도 이런 환자들 중 안정적으로 회복하는 환자가 많지 않음을 경험하게 된다.
그런 과정을 지켜보는 나는 나와 내 가족이 미래에 맞이하게 될 결정에 대해 생각하게 된다. 삶의 끈을 놓지 않는 것과 미련 없이 죽음을 맞이하는 것 사이에서의 결정을.

죽음, 그리고 죽음에 가까운 환자들을 만나는 중환자실 간호사로서 이에 대해 이른 고민을 하게 되는 것은 어쩌면 자연스러운 일일지도 모른다. 환자에 대해 '내 가족이라면'이라는 생각과 전인적 간호가 더해지면, 임종에 가까운 이에 대한 간호에서 행복의 실마리를 찾을 수 있지 않을까 한다.

죽음은 슬프지만 자연스러운 것이고, 누구에게나 찾아온다. 보호자와 환자의 의사를 존중하고 그 죽음이 인간적일 수 있도록 돕는 것이 간호사의 의무이자 임종환자를 간호하면서 느낄 수 있는 약간의 행복이 아닐까.

그 행복을 느끼는 것이 간호사로서 쉽지 않겠지만 인간을 인간답게 대우하는 것이 실마리가 되었으면 한다.

임종을 함께한다는 것

96세 할머니가 코로나에 걸려버렸다. 아주 작고 소중한 몸집에 nasal canula[1]도 크게 느껴지는 콧구멍, 눈은 그녀의 오랜 세월 함께한 주름으로 짓눌려 잠시 뜨기도 버거워 보였다. 작은 침대의 반도 차지하지 못하는 아주 작은 체구의 환자였다. 음압 유지를 위해 창문도 열지 못하는 방에서 우주복 같은 Level D를 입고 들어오는 의료진들이 낯설고 두려울 법도 한데 이불을 코밑까지 뒤집어쓰고 잠자코 누워서 처치를 기다리고 있었다.

다행이었을까? intubation[2]을 할 indication[3]이 되지 않았고

---

1 nasal canula(코삽입관): 코로 낮은 용량의 산소를 주입하는 기구

2 intubation(기관내삽관): 기도 유지가 필요하거나 인공 호흡기 치료가 필요한 환자에서 기관 내로 튜브를 넣어 기도를 확보하는 시술

3 indication(적응증): 특정 검사, 약물, 절차 또는 수술을 사용하는 유효한 이유

46   PART 1_ 생의 시작부터 삶의 돌봄까지

nasal canula 5L로 saturation[4] 97%를 유지하고 있었지만, 그녀의 숨소리가, 몸짓이 당장이라도 멀리 갈 사람 같았다. 오전 중에 가만히 누워만 있던 할머니가 갑자기 안절부절못하며 당장 침대 밑으로 내려오려고 발을 동동거렸다. 어떤 것이 불편하셔서 그러시는 건지, 다가가 말을 건네어 보았지만 mental[5]이 alert[6]하고 활력징후도 안정적이었던 환자는 본인의 불안감을 말로 표현하지 못했다. 내 팔을 꽉 붙잡고 불안한 눈빛을 보내던 작은 눈, 그 작은 체구에서 힘을 짜내어 떨리는 손으로 날 놓아주지 않았던 할머니….

이전 내과 병동에서 근무했을 당시, 많은 환자들의 임종을 보았던 탓일까? 왠지 꼭 안아줘야 할 것 같은 기분이 들어, 떠나가는 사람의 뒷모습이 잡히지 않아 안쓰러운 CXR[7]를 보았다. 이미 volume 없는 팔다리에 IV[8]를 시도하며 혈관들이 터져 나가고 더 이상 그 몸을 흠집 내면 안 될 것만 같았다.

잡히지 않는 것을 지키기 위해 고군분투했던 하루를 끝내고 퇴근하려던 때, 그녀의 맥박이 늘어지기 시작했다. 결국 오랜 세월을 견

....

4 saturation(산소포화도): 혈액의 헤모글로빈에 결합되어 있는 산소의 양

5 mental(의식상태): 환자의 반응 정도를 사정하여 의식 저하가 있는지 확인해야 함.

6 alert(명료한 의식상태): 의식 저하가 없는 명료한 상태

7 CXR(chest X-ray, 흉부x선 촬영): 호흡곤란, 지속적인 기침, 가래, 열, 가슴통증 등의 호흡기관련 증상들이 의심될때 진단을 위하여 시행

8 IV(intravenous, 정맥 내 주사): 정맥주사를 위해 확보된 주사선

더온 심장이 멈춰버렸고 의미 없는 CPR[9]cardiopulmonary resuscitation, 심폐소생술을 이어갔다. 조금 더 편히 보내드리고자 DNR[10]을 진행하였고 결국 한참을 더 작은 몸을 괴롭히고야 보내드릴 수 있었다. 내가 좀 더 빨리 DNR을 말했더라면 차갑게 식어가던 그 임종을 조금은 따뜻하게 보내드릴 수 있었을까… 근무 시간 동안 바쁘던 나를 너무 힘들게 하던 그녀가 한편으로 귀찮았지만 내게 아이처럼 매달리던 그 작은 몸을 끌어안고 토닥여줄 수 있어서 정말 다행이었다. 퇴근길에 올려다본 맑은 하늘이 슬펐던 날이었다.

임종, 목숨이 끊어지려고 하는 사이. 그 마지막을 지킨다는 것이 무슨 의미인지 잘 모르던 시절이 있었다. 16년을 함께한 강아지가 많이 아팠을 때 직장이 있는 서울에서 본가인 세종시까지 통근하다시피하며 알 수 있었다. 끝을 함께하지 못한다는 게 얼마나 사무치는 일인지를….

"내과 병동에서 일하면 좀 우울하지 않아?"

주변 사람들이 항상 하는 말이다. 맞다. 누군가의 임종을 함께 보낸다는 것이, 내가 오랫동안 간호했던 환자들이 결국에는 머나먼 길

---

9 CPR(Cardio Pulmonary Resuscitation, 심폐소생술): 심장의 기능이 정지하거나 호흡이 멈추었을 때 사용하는 응급처치

10 DNR(Do not Resuscitate, 심폐소생술 거부): 호흡 정지 상태나 심장무수축 상태가 되었을 때 전문심폐소생술이나 심폐소생술 따위의 조치를 취하지 않는 것

을 가야만 할 때, 그들의 가족들이 목 놓아 울고 있는 모습을 본다는 것이 정말 불행하다고 생각한 적이 있다. 정이 많은지라 인사하고 안부를 물었던 한 분, 한 분을 보내드릴 때마다 눈물을 훔치고 외과병동에 가고 싶다고 생각한 적이 있다. 그랬던 내가 지금은 그들의 마지막을 함께할 수 있어서 정말 감사하다고 느낀다. 아무리 봐도 익숙해지지 않는, 익숙해지면 안 되는 상황이지만, 내 생각을 바꿔준 환자가 있었다.

12월 24일, 크리스마스이브 나이트 출근을 했다. 365일 중 하루일 뿐인데 기념일이라는 이유로 누군가는 더 쓸쓸해지는 하루, 바깥 공기와 더 다르게 느껴지는 병원의 크리스마스. 지하 1층의 작은 트리를 보며 따뜻한 날이 오길 바랐다. 환자들에게 크리스마스는 어떤 의미일까?

출근 후 크리스마스 당일, 두 번째 라운딩, 8호 둘째 아저씨의 마니톨을 떼던 순간 울리던 모니터 경고음. 맥박이 걷잡을 수 없이 빨라지기 시작하더니 온몸이 불덩이가 되었다. 제발 하루만, 하루만 더 버텨주시기를 바라는 마음으로 끊임없이 노티하고 약물들을 주렁주렁 매달았지만 점점 약해지는 맥박에 눈물이 고였다. DNR 환자였지만 오늘만큼은 기적적으로 버텨주시길 바랐다. 괜히, 크리스마스에는 가족들 곁에 있었으면 했다.

환자 나이 40대, 어린 자식들과 마지막 인사도 하지 못하고 떠나버렸다. 아내의 한마디에 눈물을 참을 수 없었다.

"아빠 어제 보고 싶다고 했을 때 오라고 할 걸….”

기념일에 사랑하는 가족을 보내야만 하는 아이들에게 미안했다. 어쩌면 힘들어하던 아빠가 크리스마스 선물로 고통을 끝낸 것이라고 생각할 수는 없겠지… 지금 당장은 감당할 수 없이 슬프겠지만 먼 훗날 아이들의 크리스마스가 최고의 기념일로 기억될 수 있기를 바라 본다. 차가워진 발을 어루만지며 그 환자의 마지막을 함께할 수 있어서 감사했다. 그의 임종을 함께할 수 있어 행복했다.

누군가의 마지막을 함께한다는 것이 얼마나 값지고 감사한 일인지 알게 되었다. 사람이 태어나는 순간은 적어도 혼자가 아니지만 떠나는 순간은 혼자일 수도 있다. 그 시간이 혼자가 아니도록 옆을 지킬 수 있다는 것이, 누군가의 끝에 내가 함께할 수 있다는 일이 얼마나 의미 있는지 알기에 소중하고 감사하다.

PART 1_ 생의 시작부터 삶의 돌봄까지

기적을 만드는 보물창고

● 정현

건국대학교병원

나는 새 생명의 탄생을 함께하는 천사이다. 내가 있는 곳은 엄마의 힘 있는 울림과 큰 고난을 이겨내고 세상으로 나오는 아가들의 우렁찬 울림이 공존하고 있다.

나는 분만실에서 근무하는 간호사이다. 분만실은 어떻게 보면 참 재미있고 신비스러운 곳이다. 새로운 생명의 시작을 알리는 곳이면서 그것을 지켜내기 위해 의료진의 절실한 손길이 함께하는 곳이다.

분만을 위해 무거운 발걸음을 이끌고 분만실에 들어오는 산모들의 모습엔 기대감과 두려움이 함께한다. 배 속의 아가를 만나기 위해 10달이라는 긴 시간의 종지부를 찍는 설렘과 동시에 '건강하게 잘 분만할 수 있을까?' 하는 걱정이 교차한다. 우리는 분만의 두려움을 잘 이겨낼 수 있도록 숙련된 기술과 감정적 케어로 산모와 남편을 안심시키며 분만의 마지막까지 두 손을 놓지 않도록 격려와 파이팅을 보낸다.

초산모들의 두려움과 긴장감, 경산모들의 여유로움과 느긋함이 함께하면서 분만의 시작을 알림과 동시에 산모들 뒤에서 항시 대기하고 있는 분만실 간호사와 산부인과 의료진이 있는 이곳… 바로 분만실이 업무의 시작을 알린다.

자궁경부는 1cm에서 10cm까지 다 열려야 아기가 나올 문이 생기니 그 시간까지의 고통은 말이 필요 없다. 그런데 최근에는 산모들의 진통 소리는 듣기 어렵다. 무통 주사라는 아주 좋은 시술이 생겼기 때문이다. 그나마 산모들의 힘든 진통을 경감시켜서 다행이기는 하지만 그래도 한 번씩 곡소리처럼 들리는 신음소리는 우리 간호사들의 마음을 아프게 한다. 덩달아 같이 입원해 있는 산모들까지 공포의 시간을 함께한다.

자궁경부가 거의 다 열릴 때쯤엔 더욱더 힘차게 소리를 지름과 동시에 힘주기가 시작된다. 아기와 엄마의 협동 플레이가 시작되는 것이다. 이 시점에서 산모도 잘해야 하고 배 속의 아가도 잘 견뎌야 이 레이스의 끝이 해피엔딩이 될 수 있다. 산모의 산고가 극에 다다랐을 때 우리는 아가를 맞을 준비를 한다. 분만장에 분만상을 준비하고 아기를 케어할 ICS[1]에 온도를 높이고 의료진 역시 분주해진다.

....

1 ICS(Intensive Care System, 집중치료시스템): 신생아 집중케어가 가능한 복합기능의 인큐베이터

이때만큼 긴장되는 순간은 없다. 드디어 의료진의 목소리가 들린다. "옮길게요." 우리는 스트레처카[2]를 준비해서 진통으로 고통스러워하는 산모를 안전하게 분만장으로 옮긴다.

이 고통의 시간이 끝날 때가 다가온다. 우리는 분만대에 누워있는 산모에게 "조금만 힘내세요. 곧 끝나고 예쁜 아가 만날 수 있어요." 하며 손을 꼭 잡아주고 마지막까지 긴장을 늦추지 않고 격려와 희망을 준다. 교수님의 "마지막으로 힘 한 번 더 주세요!"라는 말과 동시에 말 그대로 젖 먹던 힘까지 주고는 휴~~ 라는 한숨과 함께 모든 상황이 끝이 난다.

"응애~ 응애~" 새 생명이 탄생했다. 아주 우렁차게 울면서 "내가 나왔어요. 드디어 이 세상에 나왔어요. 모두들 반가와요."라고 인사를 하듯이 말이다.

간호사뿐만 아니라 교수님, 의료진 모두 산모에게 "산모님. 축하드려요. 고생 많았습니다."라고 하며 모두가 웃음 띤 모습으로 한마디씩 한다. 그 모습에는 존경 어린 마음도 함께 포함되어 있다.

새 생명의 탄생을 기다리는 또 다른 사람이 분만장 밖에서 들어온다. 남편에서 이제는 아빠가 되는 분이다. 아빠는 아이의 모습을 보고 감격해하며 어찌할 바를 모른다. 의료진의 설명에 따라 탯줄을 자르고 아가를 간호사 뒤편에서 바라보다 살짝 만져도 본다. 요 근래 아가를 보고 우는 아빠는 드물다. 하지만 간혹 감격의 눈물을 흘

----

2 스트레처카(stretcher car): 환자를 안전하게 이송할 수 있는 침대

리는 아빠의 모습을 보면 문득 '내가 태어났을 때 우리 부모님도 저런 모습이었겠지'라는 생각을 해본다.

씩씩하게 울고 있는 새 생명은 깨끗이 닦이고 깨끗한 이불에 싸여서 산모에게 안긴다. 아기를 본 산모들은 "왜 이렇게 작아요?!" 하며 반문한다. 이렇게 작고 작은 생명이 무럭무럭 자라서 지금의 본인들처럼 어른이 되었다는 생각은 못한 채 말이다.

새 생명이 경이롭게 태어나서 부모의 품에 안기고 그들의 건강함을 바라며 우리 분만실 간호사들은 긴박하게 흘러갔던 시간을 마무리한다.

요즘 출산율이 너무 낮아져서 분만이 예전만큼 많지는 않다. 하지만 새로운 생명은 계속해서 탄생하고 있다. 우리 분만실 간호사들은 항시 긴장의 끈을 놓지 않고 또 다른 산모들을 기다린다. 뜻하지 않게 조기분만이 이루어지는 경우가 있어서 항상 마음을 놓지 못하며 하루하루를 일하는 분만실 간호사들이지만 그렇게 하여 탄생한 새 생명이 건강히 부모의 품에 안기는 모습을 보면 너무도 행복하다. 흔히들 분만 후 "오늘 우리 밥값 했다"라고 하면서 뿌듯한 하루를 맞이한다.

최근에는 분만실이 아닌 응급실에서 분만하는 경우가 있어서 모두들 당황하게 하기도 한다. 그런 경우에도 우리 분만실 간호사는 인큐베이터를 끌고 잽싸게 새 생명을 받기 위해 거침없이 달려간다.

아가의 발이 나온 아주 긴박한 상황이지만 산과 교수님과 소아과 교수님의 침착함과 노련함으로 29주밖에 안 된 아가가 건강히 나와 엄마의 품에 안기도록 한다. 아가가 건강하다는 말을 듣고 그제서야 안심하며 "감사합니다"라고 울면서 말하는 산모의 모습에서 '우리가 얼마나 대단하고 멋진 일을 하고 있는가'라는 생각을 해본다.

간혹 자연분만을 시도하다가 아기가 위험하여 응급으로 제왕절개를 하여 분만하는 경우도 종종 있다. 그렇게 분만 후 "간호사님 덕분에 분만 잘하고 아기도 건강해요"라고 하며 몰라보게 변신한 산모들이 우리를 보고 반갑게 인사를 한다. 신생아실 면회실에서 쌔근쌔근 자고 있는 아가의 모습을 보면서 산모의 두 손을 꼭 잡아주고 "다행이네요. 건강하게 잘 키우세요." 하며 나도 모르게 함박웃음을 지어본다.

다른 곳에서는 느끼지 못하는 또 다른 경험이다. 엄마 배 속에 숨어 있던 아가들이 세상으로 나와서 두 눈을 멀뚱멀뚱 뜨고 우리를 바라보는 모습을 보면 정말 이런 기적 같은 보물이 또 있을까라는 생각을 해본다. 혼자서 견디겠다고 허우적거리는 모습 또한 너무 신기하다. 그런 아가들의 모습에서 우리는 희망을 보고 힘듦을 다 잊어버리는 것 같다. 분만실은 분만실 간호사와 산과 의료진이 함께하여 기적을 만들어 내는 보물창고 같은 곳이다. 우리는 그곳에서 일하는 천사들이다….

봄, 여름, 가을, 겨울 다시 봄…

• 김안나

서울시간호사회 어린이집 영유아 방문건강관리 사업단

작년 12월쯤 어린이집 방문간호사 사업이 종료되고 올해 사업이 시작되기를 기다리며 봄을 지내고 있던 어느 날…. 10년째 어린이집 방문간호사 일을 하고 있는 선배 선생님께 질문을 던졌다.

선생님은 왜 매년 시작하는 이 사업을 기다리시냐고…. 왜 꼭 어린이집 방문간호사를 선호하시느냐고. 선생님은 1초의 망설임도 없이 아이들을 보면 건강한 기운을 얻어 행복하고, 만나러 가는 길이 설렌다고, 그 설렘을 잊을 수 없어 매년 이 사업이 시작되기를 기다리신다고 했다. 맞네! 맞아! 그렇네! 나도 그 설렘을 느꼈었지. 밝고 순수한 아이들의 말소리와 웃음소리가 끊이지 않는 그곳에서의 설렘.

20대 청춘 시절 병원에 출근했을 때가 불현듯 생각났다. 그때는 출근길이 두렵고 오늘은 내가 무사히 잘 마치고 나올 수 있을까? 긴장감이 가득했던 거 같다. 심지어 그 긴장감의 연속으로 수개월 동안 퇴근할 때 간호화를 집에 가지고 왔다. 언제 그만둘지 몰라서였을까, 아니면 내돈내산 간호화라 특별히 아꼈을까, 아직도 아이러니하다. 병원에서 경험한 것을 밑천으로 지금 이렇게 수월하게 일을 하고 있으니 그 시간도 돌이켜보니 참 고맙다.

봄

어린이집에 처음 방문하는 날, 소개팅 가는 길처럼 설렌다. 파란 하늘, 하얀 구름, 아파트 화단에 쭉 늘어선 형형색색의 꽃과 나무들, 바람에 날려 온 아카시아 꽃향기가 어서 와~ 하며 나를 반긴다. 구면인 어린이집 원장님과 반갑게 인사하며 그동안의 안부를 묻는다. 신발을 벗으며 신발장에 붙어 있는 이름표를 빠르게 스캔해 아이 이름과 얼굴을 기억한 뒤 친구들과 장난치며 깔깔거리며 웃는 아이에게 "어머, 동화야! 형님 되더니 키도 커지고 씩씩한 왕자님이 되었네!", 함께 웃고 장난치던 친구에게도 "어머 서현아, 꽃잎반이 되어서 더 예쁜 공주님이 되었구나!" 하며 아는 척을 해주면 신이 나 친구와 장난치던 아이들도 초롱초롱한 눈을 말똥말똥 뜨며 내 목소리에 귀를 기울여준다. 우는 동생들에게도 방문간호사라며 해치지 않는다고 잘 이야기해 준다.

처음 간 어린이집 선생님이 만나서 반갑다고 인사하며 "작년의 방문간호사 선생님 참하고 조곤조곤했던 분이라 좋았었는데 아쉽네요."라고 이야기하면 참한 모드로 변신해서 차분하고 조곤조곤하게 이야기하고, "작년 방문간호사 선생님이 참 밝고 활기찼었잖아요." 하시면 활기찬 모드로 변신해서 나의 팔색조 같은 매력을 뽐낸다.

나도 내가 이렇게 개인 취향에 잘 적응할 줄이야 몰랐다.

여름

햇볕이 쨍쨍하고 풀냄새가 은은하게 풍기는 여름의 아침, 매미 울음소리가 나를 먼저 반긴다. 나는 두 발을 대신해 주는 작은 붕붕이가 있어 여름이 고되진 않지만 차 없이 어린이집을 방문하는 선생님들은 땀을 한 바가지 흘리실 텐데 걱정스럽고 미안한 마음이 든다. 어린이집 방문간호사를 하기 전에는 장롱면허였는데 이 일을 하면서 연수도 받고 운전을 하기 시작했다. 처음에는 좁은 골목길에서 전봇대와 박치기도 하고 모퉁이와 하이파이브를 하느라 네 귀퉁이 모두 찌그러졌지만, 지금은 좁은 골목길도, 오프로드 같은 길도 자신 있다. 이렇게 큰 변화 없던 내 인생을 업그레이드하게 해 준 이일이 참 고맙다.

낯가리는 시기의 아이들은 3주에 한 번 만나서 그런지 여전히 나를 경계하는 눈빛으로 보고 담임선생님 품에 꼭 안겨 자지러지게 울음을 터뜨린다. 미안하지만 우는 모습도 어찌나 귀여운지 목젖이 훤히 보이면서 우는데 그때 얼른 머리부터 발끝까지 스캔, 편도선과 치아 상태 확인, 구내염 없고 손 발 OK! "다 됐어요!" 하는 소리에 걸음아 나 살려라 하고 아장아장 걸어가는 모습을 보면 건강 사정

끝! 사람 마음이 참 간사한 게 내 아이 키울 때는 몸도 마음도 피곤해서 우는 소리를 들으면 버겁고 거슬릴 때도 있었는데 이제는 우는 모습도 사랑스럽고 무한한 이해심이 든다. 내가 조금 더 괜찮은 사람에 가까워진 걸까….

가을

상쾌한 바람과 화창한 가을 하늘, 곱디고운 단풍잎이 어서 오라 손짓하는 가을, 어린이집에 다니는 아이들도 성장한다. 키와 몸무게를 잴 때도 씩씩하게 한 명씩 나와 가슴을 활짝 펴고 진지한 표정으로 정면을 응시한다. 그 비장함에 나는 또 한 번 웃는다. 첫 해에는 어린이집 내에 체중계가 준비되어 있지 않아 집에 와서 체중계를 가져간 적이 있지만 나도 노련해져서 그런지 다음 해에는 근처 어린이집에서 잠깐 빌려 사용하였다. 나의 마음을 이해해주고 정을 나눠주는 원장님들이 계셔서 참 고맙고 행복하다.

여덟 살 첫째 딸은 엄마를 위해 유행을 따라 한다. 수족구, 독감, 장염, 유행성 결막염 최근엔 코로나까지. 다행인 건 살짝 앓고 지나간다는 것이다. 가성비 좋은 경험으로 이 일에 참 많은 도움을 준다. 나의 마음을 늘 행복하게 해주는 네가 참 고맙다.

여섯 살 우리 둘째 아들은 또래에 비해 말이 느려 2년째 언어치료를 받고 있다. 내가 어린이집 방문간호사를 하지 않았다면 조기에 치료를 할 수 있었을까 하는 생각이 든다. 이제는 엄마 머리 꼭대기에서 따박따박 말대꾸를 하며 너스레를 떠는 너도 고맙고 사랑스럽다.

겨울

올해의 마지막 방문 날이다. 유난히 춥게 느껴지고 몸을 움츠리게 하는 날이다. 겨울에서 봄이 될 때까지 만나지 못하고 어쩌면 마지막이 될 오늘, 그동안 더 잘해주지 못해 아쉽다. 아이들에게 너무 많은 것을 배워간다. 아이들은 고마움을 말과 행동으로 표현하고 아쉬움을 사랑이란 말로 이야기해 준다. 아이들이 현관까지 따라와 "감사합니다!", "사랑해요!", "내일 또 오세요!", "나 이제 손 잘 씻어요!", "기침할 때 옷에다 가리고 해야 하죠?"라고 이야기하며 졸졸 따라오면 가슴이 벅차올라 울컥한다. 왠지 멋진 사람이 된 기분이다. 우리 내년에도 건강하고 행복한 모습으로 또 만나요.

다시 봄

내가 이 일을 사랑하고 자부심을 느끼며 행복하다고 자신 있게 이야기할 수 있는 원동력은 동료이다. 동료 선생들에게 나는 늘 과분한 사랑과 배려를 받는다. 내 아이들이 아직 어리다고 집 가까운 곳으로 배정해 주시고 찾아가기 힘든 곳이나 까다로운 어린이집은 제외해 주신다. 힘들 때는 응석도 부리고 우울할 때는 긍정적인 감정을 수혈받아 이내 긍정적인 나로 돌아오게 한다. 이런 동료가 있다는 것이 얼마나 다행이고 고마운 일인가!

생각해 보면 감정도 전염이 되는 거 같다. 늘 사직서를 품고 투덜거렸던 내가 어린이집 방문간호사를 하면서 달라졌다. 동료 선생님들은 우리 일에 대한 열정과 자부심이 있다. 우리가 기초 쌓기를 잘 해주면 아이들이 정신적으로나 신체적으로 건강하게 성장할 수 있다고 옆에서 긍정적인 감정을 전염시켜 주신다. 나도 모르게 전염되어 긍정적인 사람이 되는 거 같다. 나도 좋은 선배 간호사가 되어서 긍정적인 감정을 전파해야겠다.

다시 봄, 아이들을 만나러 간다. 코로나 19로 대면하지 못하고 줌으로 만나는 시간도 있었지만 그런 시간들이 있어 지금의 만남의 시간이 값지고 소중하다.

이 글을 마무리하려는 찰나 남편은 장난처럼 자신의 이야기는 없냐고 묻는다. 가족들의 잘 먹는 모습에 행복감을 느낀다는 남편, 늘 고군분투하며 바쁘게 살지만 내 이야기를 차분히 잘 들어주고 아이들에게 좋은 아빠가 되기 위해 노력하는 모습이 늘 고맙고 덕분에 행복하다고 이야기해 주고 싶다.

서울시 간호사 회원의
행복이야기

간호사,
행복 더하기…

숙련된 간호사로부터
안전한 간호를 제공받기 위해

웃고 있는 범수 형

• 윤명종
서울아산병원

2000년 난 의무병으로 입대를 했다.

간호장교로 지원하려 했지만 뜻대로 되지 않고 간호대를 졸업하고 간호사가 되어 늦게 입대한 것이다.

어리바리 훈련병 시절을 논산에서 보내고 자대인 ○○국군 통합병원으로 기차와 군 버스를 타고 도착했다.

그 막막함과 두려움은 말로 다 표현 못 한다.

담장 안의 군 생활은 어둠 그 자체이다.

첫날 중대장에게 전입신고를 하고 식사를 했다. 이것이 짬밥이구나!

식탁에 있는 물도 마셨다. 국군 통합 병원에 전공을 살려서 오다니… 나는 참 축복받은 것 같다고 생각했다.

그렇지만 그날 밤 나는 이등병이 식탁에 있는 물을 마셨다고 무섭게 생긴 상병에게 매섭게 혼이 났다. 암흑의 군 생활이 시작되었다.

나의 이력이 위력을 발휘해 중환자실 의무병이 되었다. 중환자실은 삼교대도 아닌 이교대에, 중환자도 많아 힘든 부서이며 감염예방을 위한 폐쇄적인 공간으로 경의실도 다른 부서와 따로 사용하였다.

여기 중환자실에서 만난 장기 입원 환자가 바로 '범수' 형이다.

참 각별한 인연이다.

범수 형의 계급은 병장, 인공호흡기를 목에 달고 있고 의식은 명료하다. 필요한 것이 있으면 입으로 떡떡거리는 소리를 내서 호출하고 속삭이듯 말한다. 목에 기관 절개술을 시행받아 목소리가 나오지 않기 때문이다.

호흡은 튜브로 도움받고 식사는 일반인과 똑같이 한다.

휴가 중 오토바이 사고로 경추 2번과 3번 사이를 다친 그는 성격이 까칠해 낯선 간호장교나 의무병은 꺼려했다.

목 위로 머리는 정상이지만 전신이 마비이기 때문에 자기 힘으로할 수 있는 일이 없다. 팔다리는 마르고 강직이 진행되었고 당연히소변줄도 가지고 있다.

식사를 할 때는 우선 수건을 입 근처에 깔아서 음식이 떨어져도침구를 교체하지 않도록 하고 빨대 컵으로 물을 먼저 준다. 그리고밥, 국, 반찬을 정성을 다해 적당량을 수저로 먹이고 중간 중간에 휴지로 입을 닦아 준다. 물도 한 번씩 준다. 식사가 끝나면 수건을 정리하고 식판을 치운 뒤 양치를 해준다.

불편하거나 버릇없는 의무병이 식사를 담당할 때는 밥을 거부하기도 하여 간호장교가 대신 도와주기도 했다. 여간 까다로운 게 아니었다. 식사는 빙산의 일각일 뿐, 면도, 머리 감기기, 침상목욕, 관장과 처리, 침상 정리, 전신 마사지, ROM 운동, 가래 석션하기, 티브이 돌려주기, 산책하기, 전화 대신 해주기, 간식 챙겨주기 등등 손이 정말 많이 가는 환자였다.

이런 환자를 우리 중환자실 의무병 고참이 제대하면서 착하게 생긴 나에게 인계한 것이다.

바쁜 일 가운데에서도 나는 성심성의껏 간호를 했다.

간호사 면허는 있었지만 보직이 의무병인 관계로 청소나 간병인 역할, 소독물품 정리 등 잡일을 주로 한 나였지만 범수 형에게는 직접적으로 간호를 했고 형도 나를 믿고 자신의 몸을 맡기었다.

인공호흡기를 분리하고 한 시간 정도 자가 호흡이 가능했는데 가끔 우리는 앰부 백[1]을 들고 성당이나 봉사실로 휠체어 마실을 가곤했다. 힘들고 바쁘고 답답한 군대 시절에 잠시 여유를 느낄 수 있는 시간이었다.

형의 서랍에는 과자, 음료수, 패드, 다이어리, 돈 등 여러 물품이 있어 보물창고 같았다. PX에서 먹고 싶은 음식을 사서 보관해 두었

1 앰부 백(Ambu Bag): 스스로 호흡이 어렵거나 적절하게 호흡하지 못하는 사람에게 직접 숨을 불어 넣어 주는 고무로 된 의료기기

다가 꺼내 먹기도 했다.

중환자실은 회복실 역할도 했는데 바쁠 때가 많았다. 계속 뛰어다니다가 형이 호출하는 떡떡 소리를 들으면 짜증이 났다. 물론 긴급할 때도 있었지만, 난 너무 힘든데 막상 가보면 티브이를 돌리거나 베개 위치를 다시 잡는 거였다.

가끔 약간의 무성의가 보이면 불같이 화를 내고 밥을 안 먹기도 했다. 형의 요구는 너무 많았고 어쩔 수 없이 바쁘고 짬밥 낮은 나는 지쳐갔다. 하지만 제대한 고참의 부탁도 있고 해서 잘해드리려고 노력은 했다.

내가 상병 때 다른 부대로 파견을 가게 되었다. 이 사실을 알려드리자 범수 형은 정말 많이 화를 냈다. 사실 나는 그동안 이 정도 도와드리고 간호했으니 내 앞길을 지지해주고 축복해주리라 생각했지만 형은 무정하게 나와의 이별만 원망했다. 나도 이해를 못 하고 형도 나를 이해 못 했다.

나를 많이 의지했나 보다.

얼마나 막막했을까….

제대하고 형을 보러 다시 국군 병원에 갔었다.

무료한 병원 생활을 하는 형이 걱정됐고 미안한 마음이 있었기 때문이다.

어느 날 갑자기 형에게 급하게 연락이 왔다. 군병원 사정으로 다른 통합 병원으로 후송을 갔는데 티브이 케이블 좀 사서 가져다 달라고 한다. 형에게 티브이는 정말 중요하기 때문에 나는 달려가서 티브이 케이블도 봐 드리고 치킨도 먹여 드렸다. 이야기도 나누고 얼굴도 만져 드렸다.

고운 정보다 미운 정이 무서운가 보다.

코로나로 면회도 못 가는 상황에서 갑자기 연락이 되지 않았다.

무언가 잘못된 것 같다는 생각이 들었는데, 퇴원 소식을 듣게 되었다.

몇 달 지나 형의 누나로부터 문자를 받을 수 있었다. 작년에 폐렴을 이기지 못하고 하늘나라 갔다고….

그동안 챙겨주셔서 감사했다고….

눈물이 핑 돌고 가슴이 먹먹했다.

인사도 못 했는데….

이제 못 보는 건가?

코로나 바이러스는 작별인사를 할 기회와 애통의 시간도 가져가

버렸다.

아쉬움.

후회가 크게 다가온다.

형의 수줍은 미소가 생각난다.

중환자실에서 같이 찍은 사진을 찾아보았다.

우리는 웃고 있다.

형은 외롭고 아픈 병상과 안녕하고

천국에서 웃고 있을 것이다.

웃고 있는 범수 형

사랑해요.

*범수는 가명입니다.

간호사여서 다행이다

● 문영

강남세브란스병원

"뚜뚜뚜…삑삑삑" "여기 기계 좀 봐주세요!" "여기 소리 나는 것
좀 봐주세요!" "여기요!" "선생님!" "저희 엄마 좀 봐주세요!"

나는 심장내과, 심혈관외과 병동에서 일하는 간호사다. 수많은 치
료도구와 기계들 사이에서 하루에도 수없이 응급상황들이 생기고
수십 번씩 다급한 외침 속에 살아간다. 조용한 날, 괜찮은 날, 한가
한 날, 그런 날은 없다. 그런 날에 대한 기대 또한 없다.

학교를 막 졸업하고 입사했을 때는 내가 무엇이든 해낼 수 있을
것 같았다. 출근을 하는 내 모습이 마치 커리어우먼 같을 거라고 생
각했다. 또각또각 소리 나는 구두에 깔끔한 차림으로 출근해서 어떤
일이든 척척 해내는 원더우먼을 꿈꿨다. 하지만, 현실은 전혀 다른
삶이었다. 정말이지 그건 개꿈 같은 소리였다.

PART 2_ 숙련된 간호사로부터 안전한 간호를 제공받기 위해

이른 출근시간으로 화장은 생각도 못 했고, 병원에 도착하면 내가 오늘 무엇을 입고 출근했는지도 모를 만큼 빛의 속도로 유니폼을 갈아입었다. 하는 일마다 실수투성이임은 물론, 환자, 보호자들에게 간단한 응대조차 어려웠다. 커리어 우먼은커녕 천하의 바보 같았다.

어느덧 한 달이란 시간이 지나가고 그렇게 힘들고 죽을 것 같았던 트레이닝이 끝나 드디어 바보 상태 그대로 나는 독립하였다. 그때는 실수하지 않는 것에만 최선을 다했던 것 같다.

아직 해도 눈뜨지 않은 시간 첫 라운딩. 조용한 복도에 카트를 끌고 가면서 나는 속으로 이렇게 기도를 했다. '하나님. 오늘 이 손이 내 손이 아닌 주님 손처럼 쓰이게 해주세요.' 그렇게 기도를 하고 나면 온몸에 왠지 모를 전율이 느껴지면서 책임감이 더해졌다.

환자들이 어떤 의료진을 만나고, 어떤 간호사가 담당 간호사가 되는지에 따라서 간호의 질이 달라지는 것을 나는 너무나도 잘 알기 때문에 실수하고 싶지 않았다. 나는 처음이니까, 나는 서툴고 아직 많이 부족하니까 못하는 부분을 감안하여, 그렇다면 내가 잘할 수 있는 것은 무엇인지 생각해보았다. 어린 시절부터 나는 사교성이 좋고 낯을 가리지 않는 성격이었다. 할머니를 모시고 살아서인지 어르신들이 어렵지 않았고 애교도 곧잘 부렸다. 웃음이 많은 편이고 나름 친절한 편이다. 내가 못하는 게 많다면 내가 더 잘할 수 있는 것들을 보여주기로 했다. "그래, 나는 친절함이 무기다! 웃어라 웃어!" 그렇게 속으로 생각하고 나면 괜히 당당해졌다. 일 시작도 전에 벌써 자신감이 생겼다.

하지만 어김없이 실수투성이로 근무시간이 끝나게 되기 마련, 인수인계 이후 사정없이 선배에게 혼난 뒤 나머지 일을 정리하고 나면 다시 정신을 차리고 담당했던 병실로 들어갔다. '오늘은 실수가 많아서 정말 죄송합니다. 내일은 조금 더 잘해볼게요. 안녕히 주무세요. 내일 다시 뵈어요… 헤헤…' 죄송한 마음과 약간의 수줍음 섞인 표정으로, 물론 내일도 실수하겠지만 그래도 귀여운 신입생을 조금은 이해해달라는 무언의 압박을 웃음 뒤에 숨긴 채 한 분 한 분께 인사를 드리고 퇴근했다.

다음 날도 나는 어김없이 실수투성이였다. 그래도 환자들은 몇 시간째 한 번도 쉬지 못하는 것 같다며, 한 끼도 못 먹고 여태 일한다며, 아직도 퇴근을 못 했냐며 나보다 더 나를 걱정해주시고 딸같이, 손녀같이 대해주셨다. IV[1]를 할 때도 주사를 맞는 환자보다 주사를 삽입하는 내 손과 마음이 더 떨리는 것을 아시는지 오히려 '내가 늙어서 나이가 드니까 혈관이 워낙 안 보이고 어려워. 다들 어려워하더라고… 괜찮으니까 편하게 해…'라며 격려해주시던 환자분들이 수없이 많았다. 서툰 내 모습을 누구보다 잘 아시면서도 OFF(비번) 다음 출근하는 날이면 어제는 쉬는 날이었냐며 안 보여서 궁금했다며 말씀해주시고 내가 출근하기를 기다려주셨다.

---

1 IV(intravenous, 정맥 내 주사): 정맥주사를 위해 확보된 주사선

그렇게 1년이 지나고 5년이 지나고 어느덧 나는 할 수 있는 게 점점 많아졌다.

　심장마비 상황이면 산소통이나 나르고 환자 발치 저 멀리 서서 발을 동동 구르며 행여 나한테 뭐 시킬까 눈치만 보던 내가 이제는 그런 상황이 오면 환자 머리맡에 서서 아주 자연스럽게 후배들을 리드하게 되었다. 출근하는 게 더 이상 두렵지 않고 떨리지 않았다. '세상이 고수에게는 놀이터요, 하수에게는 지옥'이라는 말이 딱 맞는 것 같다.

　우리나라 대부분의 간호사들이 담당하는 환자 수와 업무량은 평균 이상이다. 12시간이 넘게 걸리던 일을 제시간 안에, 아니 제시간보다 더 빨리 끝내는 나를 보면서 '이 짜식~ 진짜 많이 컸네…'라며 나 스스로 감탄할 때쯤이었다. 그때까지 나는 그게 내 능력인 줄 알았다.

　그날도 평소처럼 출근을 했다. 바람 좋은 날이었다. 첫 라운딩을 돌고 두 번째 라운딩을 돌았을 때까지도 나는 느끼지 못했다. 내 환자가 무엇을 하는지, 무엇이 어려운지, 얼굴 표정은 어땠는지… 생각해보면 나는 사무적으로 환자를 대할 뿐 환자의 요구가 무엇인지, 지금 마음이 어떤지, 나를 바라보는 표정이 어떤지 알지 못했고 더 솔직히 말하면 관심도 없었다. 어쩌면 그간 환자의 얼굴, 환자의 마음, 환자의 생각보다 환자의 주변과 내가 해야 할 일만 보고 일했는지도 모르겠다.

그날도 어김없이 칼퇴를 기원하며 허겁지겁 마무리하고 마지막 라운딩을 나섰다. 그때 가서야 알았다. 하루 종일 숨차서 눕지도 못하고 앉아서 겨우 하루를 보내고, 심부전과 부종이 점점 심해져서 숨차다며 대답도 잘 안 하시던 그 할아버지는 나를 위한, 우리를 위한 고마운 마음이 담긴 글을 한 자 한 자 몇 시간에 걸쳐 쓰고 계셨던 것이다.

그 종이를 받았을 때 나는 기분이 이상했다.

기쁘지 않았다.

이상하게 힘이 빠지면서 내 자신에게 화가 났다.

그 종이를 들고 병실 밖으로 나와 스테이션까지도 가지 못하고 한참 서서 생각에 잠겼다. '간호사는 무슨 일을 하는 사람이지?' '나는 어떤 마음으로 일하고 있었지?' 입사했을 때 환자들의 말을 들으려고 하고 환자들 표정에 집중했던 나는 이미 사라진 지 오래된 기분이었다. 입보다는 귀를 더 많이 열어 환자들의 말에 귀 기울이겠다던 자기소개서에 적힌 글은 정확히 반대로 되었다. 나는 무언가를 설명할 때 남녀노소, 나이, 성별을 구분하지 않고 빛의 속도로 쏟아내듯이 말했고, 대답이 나오기도 전에 더 궁금한 게 있으면 나중에 이야기하라며 설명을 끝냈다. 애초에 설명을 시작하면서 대답이나 질문을 들을 준비된 귀는 없었다.

지금까지 내가 키운 건 능력이 아니라 오만함이었다.

그때서야 할아버지 얼굴이 보였다. 할아버지 목소리가 들렸다. 하루 종일 본인 숨과 싸우다 지쳐 어두워진 낯빛으로 나에게 가장 좋은 표정을 지으려 노력하는 그 표정이 이제야 보이기 시작했다. 나에게 스스로 창피한 눈물이 났다. 나도 모르게 코끝이 빨개졌다. 할아버지 마음이 너무 고마워서… 지금까지 보지 못했던 내 모습이 너무 죄송스러워서… 나는 어쩌면 지금까지 힘내라며, 오늘도 고생이 많다며 따뜻하게 말 한마디 건네고 싶었던 환자들의 마음을 온몸으로 모른 척하고 있었을지도 모른다.

나이트 근무를 하면 환자들이 숨이 차서 못 자거나, 통증 때문에 못 자거나, 눕지도 못할 만큼 힘들어서 밤새 자신의 병마와 싸우는 것을 보게 된다. 그래도 환자들은 그 어둠 속에서도 자신의 힘든 몸을 이끌고 우리에게 할 수 있는 최선의 인사를 한다. 고개를 끄덕여 주시거나 손을 잡아주시거나 눈을 마주친다.

나는 이제 알 수 있다. 볼 수 있다. 그리고 그 목소리가 이제는 마음으로 들린다. 고맙다고, 나 때문에 수고가 많다고… 나는 다시 벅찬 가슴으로 일한다. 나는 간호사다. 간호사여서 정말 다행이다.

간호사

그 이름도	거룩한
나이팅게일	후예이신
백의에	천사님이여
내부모	네형제같이
웃음사개	똥사개
마다치	않으시고
환자을	대하는
숭고한	사랑에
환자에	일인으로
감사을	드립니다

간호사여서 다행이다_문영(강남세브란스병원)

공감(중환자실 간호사의 행복)

● 은정호

이화여자대학교 의과대학 부속 서울병원

맑았던 하늘이 걷히고, 보슬보슬 갑작스럽게 비가 내리는 하늘을 보며 병원으로 출근하는 날에는 마음이 무겁다. 병원으로 가는 길을 천천히 운전하면서 보는 창밖에는 분주하게 비를 피해 뛰어다니는 사람들이 보인다. 퇴근 시간이 넘어 밖에서 친한 사람들과 저녁식사, 술을 한잔하며 화기애애한 사람들을 볼 땐 친한 사람들과 어울리고 생활한다는 것이 큰 행복이었음을 알려준 내 직업에 소소한 감사함을 느낀다.

2013년도 이곳 이화의료원에 입사한 후, 신경계 중환자실에서 근무를 시작한 나는 햇수로는 10년 차, 약 9년 3개월을 간호사 생활을 하고 있다. 나 스스로 생각하는 나 자신과 주변 사람들을 챙기는 나의 모습은 매우 이성적이고, 현실적인 사람이다. 혹시라도 중환자실에서의 불가피한 결정에 서 있게 될 시의 나를 그려보면서 누구보다 빠르게 선택하고 마음을 추스르리라 다짐을 하며 지난 간호사 생활을 해오지 않았나 싶다.

　이렇게 이성적이며 냉소적으로 보이는 나의 모습이지만, 막상 임상에서는 종종 그러지 못했던 것 같다. 일을 배우면서, 배정된 환자를 간호하며, 남몰래 마음속으로 울었으며, 이 치료의 끝을 알지만 매일 안부를 묻는 보호자들에게 떳떳해지려고 노력하였고, 안 좋았던 결과에 같이 공감하며 눈물을 닦던 간호사였다. 학부 때에는 간호에 대해 1차원적인 생각을 많이 했던 나인데, 어느 순간부터는 그 생각을 넘어서 환자 및 보호자와 소통하며 서로 마음을 통하는 간호사가 되어가고 있었다. 지금 생각해보면 차가운 머리와 따뜻한 마음을 갖는다는 것이 참으로 아이러니하지만 참된 중환자실 간호사의 모습이지 않을까 하는 생각이 든다.

　코로나 팬데믹 이후, 대부분 대학병원의 중환자실들에서 면회가 사라졌다. 보호자는 의료진에게 맡겨진 환자가 중환자실에서 회복한 후, 전실을 할 때 만나고는 하는데, 전실 후에도 1인 보호자 체제가 유지되어 예전같이 지인들이 병문안을 자주 오는 병원 문화는 사라진 지 벌써 오래다. 현대 사회가 소규모 가족 중심으로 바뀌고, 1인 가정이 증가하는 추세이기도 하지만, 코로나가 병원 문화를 조금 더 빠르게 바꾼 것은 사실이다. 바뀐 병원 문화 속에서 중환자실의 환자와 보호자를 연결해주는 매개체로서 우리 간호사들의 책임 또한 막대해졌다. 자유롭게 면회를 하고 환자를 직접 마주치던 시절에는 보호자가 중환자실의 환자 모습을 보다 더 넓은 마음으로 받아들였다면, 지금은 그때보다 소극적이며 부정적으로 이해하는 것 같다. 그렇기 때문에 우리들의 말 한마디가 중요해졌고, 사소한 문제에 대해 이해시키는 것이 일이 되었다. 이러한 바뀐 병원 문화는 환자, 보호자와 '공감'을 이루는 것이 매우 중요하며 내가 그 징검다리 역할을 해야 한다는 것을 많이 느끼게 한다.

신경계 중환자실에서 근무하면서 갑작스런 사고로 인해 불과 몇 시간 전에도 웃으며 가족 그리고 지인들과 대화하였던 그들이 갑작스런 이별을 피치 못하는 상황을 마주할 때, 보호자들과 환자 사이에 있는 나의 역할은 매우 무거워진다. 주치의가 보호자에게 설명을 하고 그들이 현실을 받아들이는 순간까지, 매개체이자 중간다리인 나는 어느 하루는 보호자가 되어보기도 하고, 환자가 되어보기도 한다. 그렇게 며칠의 시간을 이리저리 고민하고 생각을 하여도 그들과 대화하는 것이 너무 무겁고 두려워 머릿속에서 수십 번 고민하고 심사숙고하면서 환자, 보호자를 대한다. 대화를 나눈 짧은 시간이 지난 후에도 퇴근 후 자리에 누울 때까지 나의 행동과 선택에 의문을 가지면서 잠이 들곤 했던 것 같다.

그럼에도 내가 지금까지 중환자실에서 근무하고 있는 것을 보면,

나름의 행복을 스스로 느끼고 있음이 분명하다. 곰곰이 돌이켜보면 나에게 배정된 환자가 중환자실에서 떠나게 될 때, 나는 작지만 찐한 행복을 느끼는 것 같다. 보호자들의 감사하다는 말 한마디, 수고했다는 말 한마디를 듣기 위해 지금까지 진심으로 환자들에게, 그리고 보호자들의 마음속으로 달려가지 않았나 싶다. 비록 그들과의 만남이 이루어지는 곳이 삶과 죽음의 경계선인 중환자실이지만, 임종이라는 마지막 시간에 내 자신이 할 수 있는 최선을 다하고 보호자에게 떳떳하다면 참으로 보람찬 일일까? 그 사람의 삶의 마지막에 같이 있음에 감사하고, 비록 직업이지만 그들과 대화하고 공감하는 간호사의 삶이 나에게는 큰 행복인 것 같다. 바쁜 현대 사회에서의 병원은 누구에게는 낯설고, 가고 싶지 않은 곳이며, 자주 와서는 안 될 곳이지만, 이곳에서 내가 만나는 환자, 보호자들은 나의 본분이자 '공감'해야 할 대상이며, 나는 그들에게 신뢰할 수 있는 관계자가 되어야 한다.

코로나 이후 바뀐 병원 환경에서 나의 중요성 및 역할은 더욱 커졌고, 그것으로 인한 나의 행복도 더 커지게 되었다. 이는 내가 직업으로서의 간호사의 임무를 수행하는 것을 넘어, 언제부터인가 환자들과의 공감을 통해 자부심을 느끼며 진심으로 나의 일을 사랑하게 되었기 때문이지 않을까?

돌이켜보면 간호학생일 때의 나와 신규간호사일 때의 나 그리고 현재의 나의 모습은 다르다고 할 수도 있지만, 본질적인 부분은 크게 다르지 않을 것이다. 학부 때 우리는 '라포'라는 단어를 통해, 간호사의 직업적 본질은 상호 신뢰관계를 바탕으로 한다는 심리학 지식을 대학교에서 배웠으며, 신규간호사일 때는 담당하는 환자를 위해 열심히 뛰어다니며 환자 및 보호자에게 진심으로 다가가기 위해 노력했다. 지금의 나 역시 마음속에서 '공감'을 이끌어내며, 여기서 나만의 행복을 느끼며 추구하고 있다. 이러한 바탕이 있기에 나 자신이 지금까지 성장하였고 '간호사'라는 직업을 자랑스러워하고 있는 것 같다.

행복이란, 멀리 있는 것이 아니라 가까운 곳에 있다고 한다. 행복을 찾으려고 노력하기보다는, 내 인생에 스며들어 있는 본연의 모습과 주변 환경에서 자연스럽게 싹트고 있는 행복을 인지하는 것이야말로 어느 것보다 뜻깊은 감정일 것이다.

요즘, 중환자실에 입실하시는 모든 환자들에게 내가 공통적으로 드리는 말이 있다.

"이곳에서 만난 것도 인연이지만, 다음에 만날 때는 꼭 중환자실이 아닌 곳에서 봬요."

이렇게 전하면 환자들 모두 공감하며 "다시는 중환자실에 오지 말아야지" 말씀하시고는 한다.

그들이 중환자실에 오는 것은 선택할 수 없는 일이지만, 이곳에서의 인연으로 만난 '나'는 본분을 다할 것이고, 진심으로 다가가겠다는 나만의 다짐이기도 하다. 과연 중환자실 밖에서 나를 다시 만난다면, 그분들에게 '나'라는 존재는 어떤 간호사로 기억이 될까? 하는 질문을 항상 던지며, 일을 시작하곤 한다. 이렇듯 나는 환자, 보호자와 대화하며 나오는 '행복'이라는 감정에 충실하려고 노력한다.

10년 차에 들어서면서 가끔 드는 생각은 어떻게 하면 좀 더 환자와 보호자에게 한 걸음 더 다가갈 수 있을까 하는 것이다. 코로나 팬데믹이 끝나면 아마 중환자실은 다시 면회를 재개하여 환자와 보호자를 만나는 공간이 될 것이고, 면회시간이 늘어나 더 체력적으로 부담되는 시간이 될 것이지만, 그 시간 속에서 만나는 그들과 대화하면서 '공감' 역시 더 따뜻하고 뜻깊어질 것이다. 병원 환경은 또다시 변화할 것이고, 나 또한 성장하고, 변화할 것이다. 그리고 그 안에서 내가 느끼는 '행복' 또한 변화할 것이다.

'happy'는 '행복하다'의 어원인 고대 노르웨이어 'happ'에서 유래되었는데 이것은 '기회', '우연한 사건'을 뜻한다고 한다. 내가 간호사라는 직업을 우연히 선택하였고, 또한 중환자실에서 우연히 근무하게 되었고, 이 기회를 통해 지금까지 행복을 느끼며 일하게 되었듯이, 앞으로도 나에게 행복은 또 다른 기회로 다가올 것이고 그것은 환자와 보호자와 마음으로 대화하는 '공감'에서 비롯될 것이라 믿어 의심치 않으며 수기를 마친다.

반짝반짝 빛나는 행복의 점들

● 조수현
서울대학교병원

행복이란 무엇일까? 나에게 행복은 어떠한 의미일까? 나는 간호사로서 삶을 살아가는 과정 그 자체가 행복하고, 그 과정에서 만난 소중한 인연들과 함께하는 순간 자체로 행복한 사람이다. 간호사를 꿈꾸며 또는 간호사로서 살아가며 걸어왔던 내 삶의 여정이 모두 장밋빛처럼 향기롭고 찬란하기만 하여 행복하다는 것은 아니다. 오히려 내딛는 걸음마다 고난과 시련의 돌멩이에 걸려 넘어지고 부딪친 순간들도 많았다. 하지만 주저앉지 않고 다시 털고 일어나 나만의 길을 걸으며 행복하노라고 감히 말할 수 있는 것은, 처음으로 간호사를 꿈꾸었던 초심을 기억하고자 하고, 그 과정에서 간호사로서, 그리고 한 인간으로서 더욱 성장하고 발전할 수 있었으며, 부족하고 서투른 나임에도 그러한 나를 오롯이 위해주고 응원해주던 동료 간호사 선생님들의 마음 덕분이다.

고등학교 시절, 성적이란 잣대가 아닌 학생 개개인의 꿈을 존중하고 잠재력을 신뢰해주던 은사님의 모습을 보고, 교사의 꿈을 키웠다. OECD[1] 회원국 중 청소년 자살률 1위인 대한민국에서, 학생들의 손을 가장 먼저 잡아줄 수 있는 어른, 학생들의 핸드폰 단축번호 1번으로 저장될 수 있는 믿을 수 있는 어른이 되고 싶었다. 사범대학 교육학과로 진학하였고, 학과 수석으로 졸업할 만큼, 교사가 학생들에게 전할 수 있는 가치에 진지했다. 다만, 해외연수를 포함해 5년 동안 학사과정을 이수하면서, 다양한 삶의 가치를 가진 사람들을 만났고, 그 과정에서 일에 대한 나만의 소중한 가치를 재정립할 수 있었다. 평생에 걸쳐 나의 귀중한 시간과 열정을 담을 나의 일 자체가, 나만을 위한 일이 아닌 다른 사람들에게도 도움이 될 수 있는 일, 날마다 학습하고 연마하여 스스로를 지속적으로 성장시키고 발전시킬 수 있는 일, 대한민국을 넘어 세계를 무대로 활동할 수 있는 전문성 있는 일이기를 바랐고, 간호사가 됨을 통해 이 소중한 가치를 실천할 수 있을 것이라는 믿음으로 새로운 꿈을 품고 간호대학으로 진학하였다.

주전공으로 사범대학 교육학, 복수전공으로 문과대학 영어통번역학과 같은 인문계열 공부를 하던 나에게, 보다 과학적이고 분석적 사고가 필요한 간호학을 공부하는 과정은 쉽지 않았다. 학과 성적에

---

1 OECD (Organization for Economic Cooperation and Development): 경제협력개발기구

서도 정신간호학, 지역사회간호학, 간호관리학, 간호교육학과 같은 인문계 성향이 짙은 과목들과, 병태생리학, 약리학, 미생물학과 같은 자연계 성향이 강한 과목들 간의 점수 차이도 분명했다. 이미 두 개의 학사학위를 가진 상태에서 간호학 학사과정을 새로 시작하는 늦깎이 학생인 나에게, 공부를 하는 과정에서 직면한 실질적 어려움은 직업 자체에 대한 고민으로 이어지기도 했다.

그 순간, 나에겐 구명보트 같은 소중한 인연이 나타났다. 지도교수님이셨다. 이러한 나의 고민을 들으시고 "수현 학생의 꿈을 믿고 도와주신 부모님, 수현 학생의 역량을 믿고 뽑아주신 교수님들의 안목을 믿고 열심히 해봐요."라고 용기를 북돋아 주셨을 뿐만 아니라, 정신간호학에 관심이 있다던 나의 마음을 기억해 두셨다가, OECD 정신건강정책연구 등과 같은 다양한 학습의 장을 마련해주시기도 하셨다. 더불어 삶의 과정마다 전해주시던 따뜻한 마음 덕분에, 현재까지도 간호사로서 자긍심을 가지고 행복하게 살아갈 수 있었다.

누구에게나 신규 간호사 시절은 어렵다. 특히, 나는 시간이 흘러 업무를 온전히 이해하고 그 누구보다 정확하고 빠르게, 성실하고 책임감 있게 업무를 수행하지만, 처음이 서툴고 느린 녀석이라 남들보다 더 많은 시간과 노력을 들여 이를 극복해왔다. 햇병아리 신규 간호사 시절, 부족함을 보완하기 위한 나의 노력은 다른 의미로 해석이 되기도 했다. 그 과정에서 속상함도 있었지만, 더욱 단단하고 강인하게 성장할 수 있었고, 어떠한 모습의 간호사로 살아가고 싶은

지 그려볼 수도 있었다. 또한 그 과정에서 처음엔 병동 동기들로 만났지만 눈빛만 보고도 서로의 마음을 읽는 평생의 친구들도 얻었다. 서로의 근무가 끝나는 시각에 맞춰 마중 나온 동기들은 오늘 하루 일상을 공유하며 위안을 주고받기도 했고, 서로가 출근하는 근무 스케줄에 맞춰 개인 사물함에 사랑의 쪽지를 적어 붙여주며 응원을 해주기도 했다. 사회에 첫발을 딛고 경험한 가장 낯설고 어려웠던 시간을 동기들과 함께 헤쳐 나갔고, 서로의 부족함과 공허함을 사랑과 우정으로 채워나갔다. '우리들'이란 이름의 동기들 채팅방은 서로에 대한 애정으로 매일 뜨겁다.

병동에서의 업무가 오롯이 체화되면 주변이 보인다. 나와 함께 일하는 동료들이 보이고, 환자와 보호자에겐 마음이 담긴다. 병동은 언제나 분주하다. 환자에겐 최고의 간호과정을 신속하고 정확하게 제공하기 위해, 또 뒷턴을 받거나 같은 듀티에 함께 일하는 동료 간호사들과는 깔끔하게 일할 수 있도록, 간호사 모두가 끼니도 거른 채 전력 질주한다. 간호사들의 얼굴엔 미소 대신 땀이 송골송골 맺힌다. 나도 목에 휴대용 선풍기를 둘러본다. 재원일수가 길어질수록 환자와 보호자의 얼굴에선 그늘이 보인다. 그래서 나는 더욱 웃었고 웃겼다. 스스로를 낮추고 개그맨이 되었다. 함께 그 순간을 살아내는 환자, 보호자, 동료들 모두가 즐거워하고 까르르 웃는다. 나중엔 동료들이 내게 '살인미소상'을 주었는데, 내용이 귀엽다. "항상 바쁘고 힘든 상황에서도 늘 웃는 모습으로 환자를 대하고 동료에게 환한 미소로 인사하는, 미소가 예쁜 수현 선생님께 이 상을 수여합니다."
상을 받으며 생각한다. 싸이보다 더 웃긴 모두의 연예인이 되어야지.

　병동에서 나는 두 아이의 엄마이기도 했다. 나의 프리셉티였던 두
명의 신규 간호사들이 독립해서도 일을 능숙하게 잘하고 업무 태도
도 훌륭하다는 이야기를 전해들을 때면, 그날은 내겐 최고의 하루
가 되고 나는 세상을 다 가진 학부모가 된다. 프리셉티들은 말한다.
"프리셉터와 프리셉티는 한 식구다. 서로가 잘되어야 서로가 좋다.
언제나 프리셉티의 편에 서서 제 한몫을 당당히 해내는 간호사로 성
장할 수 있도록 함께하겠다."는 나의 말이 좋았다고. 또, 독립한 지
얼마 안 된 프리셉티가 업무 실수를 했을 때, 이를 프리셉터인 나의
책임으로 돌리고 같이 해결해 주었던 순간, 구두 인계를 어려워하
는 프리셉티에게 전체 환자에 대한 인계를 직접 풀로 시뮬레이션하
여 보여주며 환자 파악하는 방법을 가르쳐 주었던 순간, 백 독립 때
프리셉티가 늦게 일이 끝나도 끝까지 기다려주며 도움을 주었던
순간, 독립 후에도 프리셉티 뒷턴으로 스케줄을 부탁드려 끝까지
교육을 도와주겠다는 모습을 보여주었던 순간들이 감동이었다고.
스승의 날을 맞아 카네이션을 건네주던 프리셉티, 독립 후 첫 월급
을 받고 내 생각이 났다며 장문의 편지를 전해주던 프리셉티를 떠올
리면, 나는 참으로 축복받고 행복한 사람이란 생각이 든다. 두 아이
의 엄마가 아닌, 열 명의 엄마도 되고 싶다.
　병동에선 간호사로서 같은 길을 따라 나란히 걷고 싶은 멋진 선배

간호사 선생님들도 만났다. 선생님들껜 간호 업무를 넘어선 삶의 지혜와 교훈도 배울 수 있다. 같은 업무분장에서도 본인의 역량과 마음가짐을 크게 키워 업무에 임하여 조직에 더 유익한 결과를 도출하셨던 선생님, 다양한 직군의 동료들과 갈등 없이 조화를 이루고 협업하여 유연한 업무 환경을 조성하셨던 선생님, 본인의 경험과 연륜을 바탕으로 후배 간호사들에게 성장과 발전을 위한 다양한 비전과 전략을 제시해주고 공정하고 투명한 기회와 지원을 해주셨던 선생님을 보며 후배 간호사로서 자부심과 존경심을 키운다.

Steve Jobs는 'Connecting the Dots'를 통해 지금의 이 순간이 앞으로 어떻게 이어질진 모르지만, 그 순간을 잘 사는 것이 중요하다고 강조했다. 미래를 내다보며 이러한 점들을 연결할 순 없지만, 과거를 되돌아보았을 때 그 점들을 연결해보면, 그 점들은 모두 하나로 이어진다는 것이다. 간호사로서의 길을 걷고자 선택하였던 나의 결심, 간호사로서 삶을 살아가는 과정에서 마주친 다양한 경험들과 인연들은, 나에겐 하나하나 소중한 점들이었고, 이 점들이 모두 나의 행복으로 귀결된다는 믿음을 품는다. 간호와 함께한 나의 삶은 반짝반짝 빛이 난다. 나의 삶에, 나의 일상 속에, 간호와 행복은 깊이 스며들어 있다.

반짝반짝 빛나는 행복의점들_조수현(서울대학교병원)

5년 차 간호사의 행복한 출근!

● 황서윤

인제대학교 상계백병원

외과계 중환자실 간호사로 근무한 지 5년 차, 행복이란 무엇일까?

함께하는 동료 간호사들, 환자를 돌보면서 느껴지는 보람을 생각해보았다.

신규 간호사로 입사 후 출근하면서 출입문 카드를 찍고 들어올 때에는 오늘은 무슨 일들이 일어날까, 제발 스테이블하고 무사한 하루를 기도했다.

'선생님들께 혼나지 말아야지, 실수하지 말고 잘해보자'라는 마음이 들었다.

그렇게 하루하루 불안하고 초조한 생각들로 가득 차 있던 내 모습들이 아련하다.

PART 2_ 숙련된 간호사로부터 안전한 간호를 제공받기 위해

그 당시 행복이란, 근무 후 동기들과 함께하는 시간들이었다.

같은 듀티로서 눈치 보면서 서로 말하지 못해도, 한 공간에 있는 것만으로도 안정감이 들었다. 그리고 퇴근 후에는 병원에 대한 이야기, 소소한 일상들을 나누면서 스트레스 해소가 되었다. 이렇게 보내온 시간이 벌써 5년이다.

이제는 병원일도 익숙해지고 3교대를 하면서 시간활용도 하게 되었다.

지금은 출근이라는 것이 두렵지 않고 오늘은 어떤 버라이어티한 일들이 일어날지 기대가 된다. 너무 안정되고 무료한 일들만 하지 않고, 근무하면서 하나씩 배우는 나, 발전하고 성장하는 내가 되길 바란다.

중환자를 보면서 8시간이라는 근무 시간 동안 정해진 업무만 해결하고 퇴근할 수도 있지만, 나는 그렇지 않다. 하나라도 환자에게 도움이 되는 간호를 하고 싶다.

주변에서 보기에 너무 전인간호를 하는 것이 아니냐, 힘들지 않느냐 하지만 나는 내가 일하는 이 시간이 환자들에게 많은 변화를 일으키는 시간이 되길 원하고 있다.

주변에서 3교대와 중환자실 간호사로 근무하는 것이 힘들지 않느냐고 물어본다.

내 대답은 항상 "아니요, 저는 제 직업에 만족하고 너무나 행복해요."이다.

환자들을 간호하면서 느껴지는 보람과 행복함도 있지만, 일하면서 배우는 지식들이 정말 흥미롭고 오늘은 또 어떤 일들이 일어날까 하는 흥분에 가슴이 설렌다.

한 외과 의사가 나에게 이런 질문을 하였다. 그렇게 열심히 일하면 얻어지는 것이 있느냐고. 내 대답은 "네, 저는 일을 하면서 배움을 얻는다는 것에서 행복함을 느껴요!"였다.

특히 내가 관심 있어 하는 외과, 신경외과, 정형외과, 흉부외과 등의 수술파트에서 배우는 지식들은 나를 흥미롭게 하고, 일에 대해 관심을 가지고 집중할 수 있게 한다.

내가 근무하는 8시간 동안만큼은 나의 체력과 정신을 쏟아부어 환자들이 더 좋은 방향으로 긍정적인 변화를 일으키면 좋겠다는 마음뿐이다. 그래서 집에 가면 항상 침대에 누워 기절을 하곤 한다. 내 몸은 조금 힘이 들지라도 마음과 머리는 너무나 행복하다. 그리고 오늘 일했던 하루들을 머릿속으로 정리하면서 부족한 부분들은 없었는지 복기하고, 다음에 같은 상황이 오면 더 잘해야지 하는 생각으로 잠자리에 들곤 한다.

나는 외과계 중환자실에서 근무하면서 간호사라는 직업에 대해 만족도가 높다. 자신감도 가지게 되었다. 간호를 하면서 좋아지는 환자들을 보면서 다른 삶에 내가 이렇게나 큰 영향을 끼치는구나 하는 생각이 들면서 나라는 사람이 얼마나 소중하고 중요한 존재인지 다시금 생각하게 된다.

보통 사람들은 행복이라는 것을 미처 모르고 지나갈 때가 많다고 생각한다.

지금까지 외과계 중환자실에서 근무하면서 단 하루도 허투루 보내지 않고 열심히 지내온 것 같다. 내가 보는 환자들에게 하나라도 더 베풀어야지 하는 마음으로 다가가고 지극히 간호하는 내 모습들을 돌이켜 보면서 '나는 이런 사람이구나, 환자들에게서 오는 행복감이 나에게 큰 영향을 미치는구나.' 하는 생각을 늘 한다.

더불어 함께 근무하는 동료들, 선배와 후배들도 모두 좋은 분들이시다. 내가 행복하고 좋은 일이 있을 때뿐만 아니라, 힘들고 슬픈 일이 있을 때도 항상 먼저 생각나는 선생님들이 있어 나는 정말 인복이 많고 행복한 사람이라는 생각을 한다. 이러한 행복을 병원 사람들은 물론이고 다른 이들에게도 전파하고 싶은 마음이다.

나는 인제대학교 상계백병원 외과계 중환자실에서 근무하는 간호사로, 정말 행복하고 정년이 되는 그날까지 내 일에 대해 자부심과 소명감을 가지고 근무하기로 마음먹었다.

이러한 수기를 투고할 기회와 동기를 부여해 주신 파트장님께 감사의 말씀을 전합니다. 환자를 위해 오늘도 정성을 다하며 고군분투하는 모든 간호사들과 중환자실에서 함께 근무하는 부서원들과 행복한 순간을 나누고 싶습니다.

5년차 간호사의 행복한 출근_황서윤(인제대학교 상계백병원)

폐이식 중환자와 6개월의 동행

• 신민하

가톨릭대학교 서울성모병원

병원에서 눈물 나게 행복했던 경험이 있었던가?

기쁘게도 나는 12년 만에 그러한 순간을 맞이했다.

5개월 동안 내과 중환자실에 누워서 생활하던 폐이식 환자가 일반병실에서 퇴원을 앞두고 나와 했던 약속을 지키기 위해 스스로 걸어서 내가 일하는 중환자실을 다시 방문했단 이야기를 동료 간호사로부터 전해들은 그 순간, 코끝이 찡… 눈물이 팽….

2021년 10월, 혈액암 기저질환으로 내과 중환자실로 입원한 환자가 폐쇄세기관지염 진단으로 폐기능 저하가 진행되어 의식이 또

렷한 채로 90일 이상 ECMO[1]치료를 받아야만 했다. 환자는 서울성 모병원이 혈액암 분야에서 전 세계적으로 권위 있는 병원이기 때문에 이곳에서의 치료를 선택했다고 했지만, 결국 우리 의료진은 환자의 폐이식을 결정했고 이후 뇌사자가 생기기까지 기다림의 연속이었다. 환자는 코로나로 인해 가족과 분리되어 있는 중환자실에서 의료진만 믿고 잘 견뎌내며 병마와 싸웠다.

그러나 90일 동안 2번의 장기이식 기회가 무산되었고, 그 사이 환자의 상실감은 커져만 갔다. 나는 감히 환자에게 위로조차 건넬수 없었지만 밤마다 기도했다. '주님의 계획하심을 믿사오니 뜻대로 하소서.' 그리고 때로는 꿈에서도 환자를 만나 돌봤다.

그렇게 1달이라는 시간이 훌쩍 지나고 나서 우리는 기적적으로 3번째 뇌사자의 소식을 들었고, 환자는 성공적으로 폐이식 수술을 받게 되었다.

"나는 폐이식만 받으면 날라다닐 줄 알았어요⋯."

이식 1달 후, 지속되는 기계 환기와 반복되는 기관지경 검사 등으로 환자는 지쳐만 갔다. 난 그런 환자가 안쓰러워 나만의 주문을 외웠다.

'당신은 꼭 일어나서 이 병실을 걸어 나갈 것이에요. 그리고 우리

---

1 ECMO(Extra Corporeal Membrane Oxygenation, 체외막산소요법): 환자의 정맥혈을 뽑아내어 산화기를 통과시킨 후, 혈액에 산소를 공급하고 환자의 순환 및 호흡 기능을 보조하는 장치

PART 2_ 숙련된 간호사로부터 안전한 간호를 제공받기 위해

와 승리의 기쁨을 만끽하며, 먼 미래에는 또 다른 환자들의 롤 모델이 되겠지요.'

나는 환자의 용기를 북돋기 위해 손 편지도 전달해 보았고, 우리 병실에서 2022년도의 생일을 맞이한 환자의 깜짝 생일축하파티도 동료들과 나누었다. 우리의 마음이 환자에게 닿았을까. 그렇게 3월이 다 되어서야 환자는 일반병실로 이동을 했다.

"앞으로는 저와 중환자실 밖에서만 만나는 거예요. 나중에 퇴원하게 되면 꼭 편지 써서 인사하러 오세요! 기다릴게요." 그렇게 환자를 떠나보낸 후 내가 할 수 있는 것이라곤 멀리서 보내는 간절한 응원뿐이었다.

12년 전.

"내과 중환자실? 녹록지 않다… 민하야….."
"내과는… 다른 부서들이 절대 알 수 없는 그 징글징글함이 있어…. 끝날 것 같으면서 다시 시작되는 그 무기력함… 견딜 수 있겠니?"
내가 신입 간호사 때부터 선배들로부터 전해 들은 비슷한 이야기들이다. 그때는 많이 바라지도 않았다. '누워 지내더라도 살아서 나가면 좋은 것이 아닌가?'
그러나 오늘의 이야기는 다르다.
누군가의 남편이었고 두 아이의 아빠였던 환자가 다시 그 일상을 회복하기 위해 씩씩하게 병원을 걸어 나간 스토리. 내 병원생활 최고의 해피엔딩이다.

　글재주가 없는 간호사라고 기쁨을 모를까.

　감히 서툰 표현으로 이 마음을 다 나눌 순 없지만 또 어딘가에서
묵묵히 중환자를 돌보고 있을 우리 동료 간호사들에게 이 희망의 이
야기를 전하고 싶다.

페이식 중환자와 6개월의 동행_신민하(가톨릭대학교 서울성모병원)

사랑은 또 다른 사랑을 낳고

● 홍석진

가톨릭대학교 은평성모병원

나는 장기 이식 업무를 담당하고 있는 코디네이터이다.

우리 부서는 장기 이식 관련 업무를 수행하는 이른바 장기 이식 코디네이터라는 명칭하에 이식에 관한 제반 업무를 수행하고 있는 간호사들로 구성되어 있다.

일반적으로 대중들이 알고 있는 간호사의 업무는 대부분 병동, 중환자실, 외래… 등에서 이루어지는 업무일 것이다.

때문에 간호사 업무 중 특수파트의 한 부분인 우리의 업무에 대하여 모르는 이도 많고, 단순히 장기적출 업무, 긴 상담, 24시간 콜 당직 등의 과중한 업무로 인하여 간호사들도 기피하고 있는 부서 중의 하나라고도 알고 있다.

장기 이식 관련 코디네이터는 간혹 '동네북' 같다는 생각이 많이 든다.

　업무를 하다 보면 관련 부서 혹은 진료과와 의사소통을 해야 하고, 간호부 및 병원의 진료 지원 부서에게 도움을 요청해야 하는 일이 많은데 이 과정에서 순리대로 해결이 되지 않을 경우 많은 질타를 받고 있기 때문이다. 물론 우리 부서를 겨냥해서 비난을 하는 것은 아니라는 것을 잘 알고 있고 추후에 진료과 교수님이나 관련 부서로부터 사과를 받는 일이 많지만, 이미 우리 가슴에 커다란 멍이 들어 있을 땐 이를 치료하는 시간이 길어질 수 있다.

　그러나 가장 힘든 것은 뇌사자 가족들과의 면담을 통해서 장기 기증에 대한 동의를 받을 때라고 모두 얘기한다. 가족을 잃은 슬픔에 잠긴 남아있는 가족들을 설득하고 동의를 구하는 과정 동안, 수술 성공이나 실패에 상관없이 우리들의 가슴도 먹먹하고 슬픔에 잠기며 이로 인한 업무 소진이 가장 심하게 오는 순간이기 때문이다.

　이런 업무를 수행하는 우리들이 행복이라는 단어를 논할 수 있을까?

　나와 우리 팀원들은 장기 이식 관련 업무를 수행하는 것에 있어 많은 부담감과 노력, 의사소통의 어려움을 감내함에도 불구하고 감사함을 표한다.

　그 이유는 장기 기증 및 이식은 누구의 도움 없이는 이루어질 수 없으며, 하나의 생명이 다시 태어나는 고귀한 일임을 알고 있기 때문이다.

　특히 뇌사자로부터 장기 기증을 받게 되는 환자들은 이름도 얼굴도 모르는 기증자 덕분에 힘든 삶이 행복한 삶으로 바뀌게 됨을 감사해한다.

모든 환자들이 그런 것은 아니지만 누군가에게 감사함을 표현하고 살아가는 것은 고귀하며, 이를 통해 다른 이에게 선한 영향력을 행하게 된다면 그보다 더욱 멋지고 좋은 일은 없을 것이다.

뇌사기증자 가족에게 동의를 받고 뇌사 업무를 수행하는 과정이 코디네이터에게 가장 힘든 순간임을 앞에서 표현했지만, 이들에게 장기를 기증받아 이식을 받은 수많은 대기자들을 보면 절로 보람 있는 일을 했구나 하는 마음을 갖게 된다.

물론 뇌사기증자를 위한 최대한의 예우를 통해 기증자와 가족에 대해 감사함을 표현하고, 적출이 끝나는 그 순간까지 경건한 마음과 자세로 이들을 돌봐야 하는 것도 우리의 업무이다.

늘 그들을 기억하고 그들의 숭고한 생명 나눔 정신을 이해하여 바르게 살아가고자 기도하고 노력한다.

장기 이식을 받고 외래를 방문하는 환자들은 여러 가지의 다양한 증상과 상태를 지니고 퇴원 후 우리를 다시 만나게 된다.

대부분의 이식 수혜자들은 처음부터 늘 한결같이 관리해 주고 있는 장기 이식 코디네이터들이 하늘의 별도 따 줄 것처럼 생각하고 의지하신다.

조그만 일이라도 코디네이터에게 상의하고 심지어 다른 가족의 안위도 살피는 경우가 있다. 이런 것이 코디네이터의 업무 외로 힘을 소진시키고 있는 일이지만, 우리 코디네이터들은 늘 반갑게 환자를 맞이해 주고 함께 걱정한다.

코디네이터로서 행복한 순간을 꼽으라고 하면 단연코 오랫동안 기다린 이식 수혜자가 장기 이식으로 건강한 삶을 살아가는 모습을 보는 것이라고 할 것이다.

하루하루 더 나아지는 피부색, 체중이 조금씩 늘어가고 있는 모습, 면역억제제를 잘 먹고 있다고 어린아이처럼 자랑하는 환자들, 타인의 장기 기증을 통해 새로운 삶이 찾아왔음에 감사하며 가족들이 장기 기증 희망등록을 하는 경우⋯ 생체 이식을 진행하면서 가족 간의 응어리를 풀고 가족을 살리기 위해 거부감 없이 본인의 장기를 기증하는 분들, 자녀의 아픈 상태를 두고 볼 수 없어 본인의 장기 기증을 통해 자녀를 살리기 위해 고군분투하는 부모님들, 반대로 부모님을 위해 기꺼이 장기를 기증하는 자녀들, 정말 이렇게 예쁜 가정이 있을까 하는 생각이 들 정도로 온 가족이 합심하여 모두 기증자 검사를 시행하고 서로 장기를 기증하겠다고 다투는(?) 모습 속에서 소소한 행복과 나의 업무에 대한 기쁨을 느낀다고 한다면 그것이 우리가 느끼는 행복에 대한 정의라고 감히 말하고 싶다.

가끔 이식을 통해 새로운 생명을 받은 감사함을 뒤로하고 다시 음주를 시작하고 면역억제제를 먹지 않아 돌이킬 수 없는 상태로 우리를 또 만나는 환자도 있다.

대부분의 환자들은 코디네이터의 얼굴을 바로 쳐다보지도 못하고 마치 죄인처럼 고개만 떨구기도 한다. 그럴 때는 마구 소리 질러 주고 싶기도 하다.

그렇지만 어느새 환자를 아기처럼 달래고 다시 치료를 시작하며 용기를 주는 우리들의 모습에서 나는 장기 이식 코디네이터의 소명을 생각한다.

그들에게 재차 힘을 줘야 하고 다시금 긴 여정에 동참하며 하나의 생명을 살리고자 한다.

어느 따뜻한 봄날의 일이다. 타 병원에서 뇌사 기증자가 발생하였고 우리 병원의 대기자가 신장을 수혜받게 되었다. 너무나 감사하게 좋은 신장을 만날 수 있었고 적출 수술을 무사히 마치고 엄청난 속도로 우리 병원으로 돌아가는 와중이었다.

최대한 빠른 속도로 달리는 앰뷸런스 안에서 밖의 경치를 감상할 수 있는 여유조차 느낄 수 없었지만 그 차 안에서 불현듯 나의 일과 업무를 생각하고 이 일을 하게 됨에 감사한 마음이 들었다. 신장을 아기처럼 감싸고 빨리 우리 수혜자에게 달려가야겠다는 그 마음이 나도 모르게 오늘의 피로를 눈 녹듯이 사라지게 하고 행복한 미소를 짓게 만들고 있었던 것이다.

장기 이식 코디네이터를 하면 여러 사연을 가진 환자와 가족을 만나면서 임상에서 간호사로 일할 때 느끼지 못하는 여러 가지 감정을 느낀다. 그들의 말을 경청하고 상황을 이해하고 배려하며 때로는 위로해 주어야 한다.

얼마 전 뇌사 기증을 하신 가족이 우리 장기 이식 병원을 방문하였다.

젊은 아내를 떠나보내고 본인이 할 수 있는 것은 장기 기증 희망등록이라며 본인도 무언가를 주고 싶다고 하시며 덤덤히 장기 기증 희망등록에 서명을 하였다.

장기 기증을 통해 본인의 아내가 어느 낯선 이의 몸속에서 살아있음을 느끼며 이를 통해 위안을 얻는다는 가족의 말을 듣는 우리들의 가슴이 요동치며 숙연해지기도 하였다.

장기 기증과 이식은 '사랑'이다. 이 단어가 없으면 절대 행해질 수 없는 특별한 신의 선물과도 같다. 나는 '사랑'이라는 단어를 사용하는 나의 일에 행복함을 느낀다. 분명 나의 행복의 원천은 이들을 돌보는 업무를 수행함에 있을 것이다.

가끔 하늘을 보면서 기도를 하며 나의 삶과 지금 하고 있는 업무에 대한 감사함을 느낀다. 치열하게 임상현장에서 환자들을 위해 간호사로서 노력했고 나의 발전을 위한 노력 등을 게을리하지 않았다고 자부하고 싶은 시간이 많았다. 그럼에도 불구하고 나의 채워지지 않는 공허함은 무엇이었을까? 병원의 시스템, 인력부족 등에 대하여 불만이 많은 시간이 있었다. 이제 그런 것은 중요하지 않다. 감사함을 느낄 수 있다는 것만으로도, 그리고 현재 내가 행복하니까….

코로나 소아 확진자 아빠의 눈물, 그 아픔을 어루만지다

• 강경희

서울특별시 어린이병원

    2022년 2월 23일 코로나19 신규 확진자 중 0~9세가 24,779명 (14.45%), 10~19세가 21,980명(12.82%)으로 전체 확진자 중에서 소아 확진자가 집중(27.27%)되었다. 특히 오미크론 확산세가 급증하면서, 2월 3주 차에는 전주(2월 2주 차) 대비하여 전 연령대는 1.6배 이상 증가했지만 0~6세 연령군은 2.2배 폭증하는 결과를 가져왔다. 적극적으로 자신의 상태를 표현할 수 없는 6세 미만 소아 전담 의료센터가 더욱더 절실한 상황이었다. 공공의료기관인 서울특별시 어린이병원은 병원 특성을 고려한 소아 전용 상담센터를 개소하였고 짧은 준비기간 동안 상담센터 개소를 위해 병원 내부 인력이 한마음 한뜻이 되어 상담센터 오픈을 준비했다. 재택 상담센터 벤치마킹, 내부 회의, 전담 인력 배치, 상담센터 장소 확보, 장비 설치 등과 매뉴얼 제작 등이 일사천리로 순조롭게 이루어졌다.

나는 어린이병원의 소아 전용 재택상담센터를 처음 세팅하고 상담 간호사의 역할과 간호 상담 업무 총괄을 맡아 근무했던 경험을 이야기하고자 한다. 2022년 2월 25일부터 서울특별시 어린이병원 소아 재택 치료 상담센터가 개소되었다. 상담센터 개소 당시인 2022년 2월 말, 소아확진환자는 재택 치료 대상자로 분류되어 집에서 격리되어 치료를 시작했고 비대면 진료 후에 약을 처방받는 시스템으로 비확진자 가족 또는 관할 보건소에서 약을 배송받아 복용하였다. 어린이병원 상담센터 간호사로서 나는 쉴 새 없이 걸려오는 전화를 받았고 자녀의 코로나 확진으로 인한 두려움과 걱정으로 불안해하는 부모님들과 증상에 따른 상담을 끊임없이 지속했다. 자택에 격리되어 어찌할 바를 몰라 고통을 호소하는 목소리에 귀를 기울였고 비대면 처방을 해야 할 상황인지 대면 치료가 필요한 상황인지를 빠르게 파악하여 그들의 목소리에 귀 기울이고 성심껏 도와주려고 노력하였다.

상담내용의 80~90%는 "우리 아이가 열이 높아요. 해열제를 먹여도 열이 잘 안 떨어져요."였다. 소아 환자 대부분은 확진 후 2~3일간 고열에 시달렸고 해열제를 먹어도 체온이 38도에서 멈췄다가 다시 40도 가까이 오르내리기를 반복했다. 고열이 시작되면 심장박동과 호흡이 빨라지는 증상이 동반되므로 불안하고 힘들어하는 부모님의 심정을 같이 공감하고 불안 증상을 감소시키는 것이 상담자로서의 역할이라고 생각했다. 어린이병원 의료상담 매뉴얼 답변 내용을 참고로 상황에 따라 적용하는 상담 진행은 많은 소아확진자 재택치료에 도움이 되었다. 상담센터로 걸려오는 수많은 전화 중에 안타까운 상황도 많았다. 부모님 모두 코로나19에 확진되고 나서 확진되지 않은 자녀를 어떻게 돌봐야 하는지 걱정하는 아빠의 떨리는 목소리를 들었고, 태어난 지 30일 된 신생아가 체온이 오르기 시작하고 울고 보채면서 아무것도 먹지 않는다는 아빠의 흐느끼는 목소리는 그 마음이 전해져 나의 가슴속에도 뜨거운 눈물이 흘러나왔다. 코로나 확진 후 약 처방이 가능한 상황에서는 적극적으로 약을 처방받을 수 있게 도와드렸고, 약 처방이 불가능한 경우에는 다른 해결방법을 안내했다.

코로나19에 확진된 소아는 2~3일간 고열(40도 전·후의 체온) 증상을 보인다. 그리고 열이 떨어지고 나면 기침, 가래 또는 오심, 구토, 설사 증상이 나타나기도 한다. 그리고 드물지만 비강 내 충혈로 인한 코피, 다리통증, 눈 부음, 호흡곤란, 고열지속, 소변을 못 보거나 축 처지는 증상 등이 나타나기도 한다. 상황에 따른 의료상담과 비대면 또는 대면진료 안내로 수많은 소아 확진자에 대한 상담이 이루어졌다.

우리나라에 거주하는 외국인도 코로나를 피할 수 없었다. 유창한 영어를 구사하는 멋진 어린이병원 의사선생님이 계시기 때문에 41도 고열로 불안했던 외국인 엄마는 해열제를 처방약으로 받을 수 있었다. 또한 한국어를 전혀 할 수 없는 비영어권 외국인은 서울시 다

산 콜센터 ☎120을 통해 상담과 처방을 받을 수 있게 안내해 드렸다.

　어느 날 평일 늦은 오후에 걸려온 한 통의 전화가 기억이 난다. 멈추지 않고 지속적으로 일정한 간격을 두고 칭얼거리는 영유아를 둔 아빠가 전화를 하셨다. 이미 다른 소아청소년과에서 유선으로 통화를 마친 후 다시 어린이병원으로 전화를 하셨던 분으로, 장중첩증이 의심된다는 전화였다. 본원 소아청소년과 선생님께 확인한 결과 장중첩증의 경우 초음파를 보면서 손으로 만져가며 중첩된 장을 풀어줄 수 있다고 했다. 나는 대면진료가 가능한 소아청소년과에 직접 연락을 했고 그곳에 있는 의사선생님과 통화 후에 직접 진료예약을 했다. 그리고 다시 부모님께 진료시간을 알려주고 방문해서 진료를 받을 수 있게 상황을 마무리하였다.
　대면진료를 할 수 있음에 안도하는 보호자의 목소리를 들으니 마음이 뿌듯해졌다.

　"코로나19 확진 후 하루 종일 잠만 자요"라는 전화를 받았었다. 나는 즉시 소변량을 확인했고 오후 4시인 현재를 기준으로 어젯밤 이후 소변을 못 보고 있음을 확인했다. 아이의 상태가 심각함을 인지했고 잠만 자며 축 늘어진 증상은 탈수증상을 의심할 수 있었다. 이런 증상을 간호기록에 자세히 작성하여 의사선생님에게 알리고 신속한 비대면 진료 후에 병상 배정을 요청하여 보라매병원으로 입원절차를 밟게 하였다.

코로나19 상황은 모두에게 '불안'을 준다. 지금 나타나는 증상으로 미래 결과를 알 수 없기 때문에 상담센터 간호사는 걸려오는 수많은 사람들의 불안을 해소해주기 위해 노력했고 그들의 마음의 안정과 극복할 수 있는 힘을 주는 역할을 했다. 상담 간호사에게 귀 기울이는 보호자 분들에게 상황에 맞는 대처를 할 수 있도록 정보를 주고 마음의 안정을 찾도록 정서적 지지를 해 주면서 비대면 상황을 극복하고 재택치료라는 폐쇄적인 한계를 넘어설 수 있는 힘을 가질 수 있도록 노력했다. 비대면 진료에서 대면진료를 허용하는 4월 초 시기로 넘어오면서 상담센터로 걸려오는 전화가 줄어들기 시작했고 대면진료가 가능한 의료기관을 안내하기 시작하면서 미안한 마음을 가지고 있었던 우리 간호사들은 적극적이고 활기찬 목소리로 진료가 가능한 병원을 안내하기 시작했다. 수화기 너머로 들려오는 부모님의 자녀 사랑은 코로나 상황 속에서도 빛을 발하는, 수없이 걸려오는 전화를 받는 와중에도 힘을 주는 원동력이었다.

코로나19(오미크론)에 걸리면 당황하지 말고 대증요법을 활용하여 치료와 간호를 시행해야 한다는 것을 알고는 있지만 확진되는 순간 사람들의 마음은 걷잡을 수 없어지고 어디서부터 무엇을 해야 하는지 갈피를 잡지 못하는 상황을 겪는다. 사람들은 불안하고 초조한 상태에서 누군가가 자신의 이야기를 들어주기를 원하고 이야기를 하는 과정에서 마음의 안정을 찾고 불안증상이 해소되기도 한다. 상담센터는 단순하게 의료지식을 전달하는 곳이 아닌 사람들의 마음을 진정시키고 해결책을 찾을 수 있도록 도와주는 곳이었다. 공휴일 없이 매일 오전 9시부터 오후 9시까지 운영되었던 상담센터는 소아 확진자 보호자에게 힘과 용기를 주는 버팀목이 되었다. 나는 팀장으로서 상담센터 운영총괄이었고 또한 상담센터 실무간호사로도 뛰었다. 상담센터가 운영되도록 행정적 지원, 직원 고충 해결과 함께 상담자로서 우울감 해소, 직원 간 업무조정 등 조정자 역할도 충실히 수행하였다.

또한 소아 전용임에도 잘못 전화를 건 성인 확진자를 외면할 수 없어 그들의 이야기를 들어주고 대처 방법을 설명해주었다. 우리 간호사가 고맙다고 인사하는 그 말 한마디가 큰 힘이 되었다.

장기간 코로나19로 움츠렸던 사람들의 모습은 사라지고 거리에서 마스크를 벗고 일상생활을 시작하는 사람들이 늘어나기 시작했다. 마스크 속에 가려졌던 웃음과 행복한 미소를 되찾기 위해 우리는 긴 시간 코로나19를 극복하기 위해 노력해 왔다. 마스크를 벗고 밝은 표정으로 거리를 걷는 아이들과 부모의 모습 속에서 우리가 잊고 있었던 소중한 일상을 회복하고 있음을 느낀다. 수화기 너머로 들려왔던 안타까움과 탄식과 절규, 그리고 "덕분에 안심이 되었습니다. 잘 치료하겠습니다. 고맙습니다."라고 전해오던 안도의 목소리 모두가 기억 속에 남아 있다.

다시 찾아온 일상의 소중함을 느끼며 오늘도 기분 좋게 또 이 소중한 일상을 꼭 지키겠다는 다짐을 하며 묵묵히 업무에 임하고 있다.

서울시 간호사 회원의
행복이야기

간호사,
행복 더하기…

건강한 행복의
시작을 위해

작지만 소중했던 순간들

● 조나현

이화여자대학교 의과대학 부속 서울병원

저는 간호사라는 직업을 가진 지 벌써 7년이 되어 여전히 임상에서 일하고 있습니다. 사실 간호사로 일하면서 행복했던 날들이 그렇게 많지는 않았습니다. 하지만 행복한 순간이 있었기 때문에 지금까지도 임상에서 일할 수 있었던 것 같습니다.

그동안 정말 많은 환자와 보호자들을 만나왔는데 싫었던 순간보다 좋았던 순간이 더 기억에 크게 남아있습니다. 한국에서의 간호사란 쉽게 말해 '의사 밑에서 일하는 아가씨'로 인식되어 있는 경우가 많지만, 그러한 인식이 점차 개선되어 가면서 우리에게도 선생님이라 호칭해주며 존중해주는 환자와 보호자가 늘어난 것을 느낄 때가 많습니다. 그중에서도 제가 간호사로서 지금까지 버틸 수 있게 마음의 버팀목이 되어준 환자들이 몇 명 있었습니다.

처음으로 병원에 입사해서 힘들게 적응해가며 병동에서 근무하고 있었을 때입니다. 환자 한 분이 신경외과적인 질병으로 인해 치료받고 있었습니다. 그러던 중 환자의 어머니가 정형외과 질병으로 같은 병동에 입원하게 되었습니다. 환자분은 어머니께 걱정 끼치기 싫다며 자신이 입원하고 있다는 사실을 비밀로 해달라고 하셨고, 그분의 어머니는 이 사실을 알지 못한 채 수술 후 치료받고 환자분보다 더 일찍 퇴원을 하여 요양병원으로 전원을 가셨습니다. 그런데 며칠 후 환자분으로부터 어머니가 돌아가셨고, 장례를 치르기 위해 잠시 외출해야 한다는 말을 들었습니다. 그때 환자분이 심적으로 너무 힘드실 것 같아 진심으로 다가가 위로를 많이 해드렸었는데 제 마음이 닿았는지 퇴원 후 감사하다며 저의 이름으로 병동에 과일 바구니를 보내 주셨었습니다.

또 기억에 남는 순간입니다. 신규간호사 시절 한 젊은 환자가 머리를 수술한 이후 정신이 온전치 않고 거동할 수 없는 상태로 장기간 아버지의 병간호를 받았던 일이 있습니다. 그가 오토바이로 배달 아르바이트를 하다가 교통사고로 인해 닥친 일이었습니다. 기관 내 삽관을 하는 등 머리 복원 수술까지 여러 번의 고비가 있었는데 오랜 시간의 병마와 싸워 이겨 아버지와 함께 걸어서 퇴원하던 모습은 절대 잊을 수 없습니다. 걷기까지 정말 수없이 넘어질 뻔하고 힘든 순간이 많았지만, 저희 간호사들에게 밝게 웃으며 어눌한 발음으로도 목소리를 내어 작별 인사를 하는 모습을 보고 정말 보람차고 행복을 느꼈습니다.

신경외과 병동 근무 때 급하게 응급실에서 올라오신 분도 계셨는데, 공사판 높은 곳에서 일하다 떨어져 척추를 다쳐 절대 침상 안정이 필요한 분이었습니다. 의식도 명료하지 않고 통증 때문에 전혀 움직이지 못하는 위중한 상태였는데 장기간의 치료와 재활 운동으로 한 걸음 한 걸음 걸으시더니 혼자 걸어서 퇴원하는 모습을 봤을 때도 말로 다할 수 없는 행복함을 느꼈습니다. 환자들의 아픔이 치료되고 회복되는 모습을 보는 것이 저의 보람이었습니다.

외과 병동에서 근무할 때는 암 진단 후 수술, 항암치료를 하는 분들이 아주 많았습니다. 항암치료 특성상 매달 한 번씩 입원해서 거의 1년 이상을 보는 경우가 잦기에 친밀감을 많이 느끼는데, 마지막 항암치료 후 치료 효과가 좋아 더 이상 입원 치료를 하지 않는 경우 환자와 함께 기뻐하고 행복함을 느꼈던 것 같습니다.

또 신장이식 수술 환자분들을 많이 접했는데, 신장이 안 좋은 환자분들은 성격이 까칠한 경우가 많아 간호하기 힘들었지만 처음 입원하셨을 때와는 다르게 수술 후 점차 친밀감이 형성되며 환자분들도 간호사들에게 친절해지고 항상 감사하다는 말씀을 하시는 걸 보며 행복함을 느꼈습니다. 혈액투석 혹은 복막투석으로 지속해서 치료가 필요한 질병을 앓고 있어 힘든 순간이었을 텐데, 성공적으로 신장이식이 되어 웃으며 퇴원하시는 모습은 특히 너무나 좋아 보였습니다. 병동에서 치료 후 퇴원한 환자분이 다시 외래 진료를 보기 위해 내원하여 병동까지 찾아와서 감사 인사를 하고 싶다고 하시는 것을 볼 때 너무나 보람찼습니다.

그래도 간호사가 되어 가족 중 아픈 사람이 생기면 의학적인 지식이 있어서 더 빠르고 정확하게 진료를 보도록 도울 수 있는 것도 좋은 것 같습니다. 실제로 최근 저희 외할머니께서 한쪽 팔에 힘이 빠지고 말이 어눌한 모습이 있다는 말을 듣고, 빨리 응급실에 내원하도록 안내하여 뇌출혈을 빠르게 치료할 수 있었습니다.

신규간호사가 정맥주사를 여러 번 실패한 후 제가 시도했을 때 바로 성공하면 환자들이 칭찬을 많이 해주는데, 이 역시 굉장히 나 자신이 뿌듯하게 느껴지고 기뻐지는 순간입니다. 출근 전 환자나 보호자가 저를 기억하고 다른 간호사에게 저의 출근시간을 궁금해했다는 말을 들었을 때도 좋은 간호사로 인정받은 느낌이 들어 기분이 좋습니다. 바쁜 업무에도 업무를 지연시키지 않고 제시간 내에 끝내고 후련한 마음으로 퇴근할 때도 작은 행복을 느꼈습니다. 3교대 근무로 인해 주말 없이 쉬는 날이 일반 직장인들과는 다르지만, 근무 일정이 맞으면 직장을 그만두지 않고도 장기간 먼 곳으로 여행을 갈수 있는 것 또한 큰 행복인 것 같습니다. 특히 다른 사람들이 출근하는 와중에 여행 가방을 들고 여행 가는 제 모습을 볼 때면 일반 직장인이었다면 이런 순간이 많지 않을 것 같아 간호사라는 직업을 선택하길 잘한 것 같다고 느껴집니다.

힘들었던 근무 후 동료 간호사들과 수다를 떨며 퇴근하는 길에서도 행복함을 느낄 수 있었습니다. 병원을 그만둔 후 몇 년이 지나 다시 재회하여 만나도 어색함 없이 그 당시의 기억을 떠올리며 재미있는 시간을 보낼 수 있습니다. 그 당시에는 정말 죽을 것같이 힘들었던 순간들도 시간이 지나면 좋은 추억이 되는 것 같습니다. 다시 만난 동료 간호사들이 현재 일하는 곳이 정말 다양한 걸 보면 간호사로서 갈 수 있는 분야가 넓은 것 같다고 느껴 제가 원한다면 얼마든지 다른 분야로 갈 수 있을 것 같아 안심이 되기도 합니다.

　간호사로서 그동안 행복함을 느꼈던 순간을 이렇게 글로 써보니 환자들, 보호자들에게는 작은 행동, 한마디 말이었지만, 저에게는 크나큰 행복함을 주는 순간들이었다는 것을 느낄 수 있었습니다. 여전히 임상에서 일하며 힘들다고 느끼지만, 앞으로는 이런 순간들을 기억하고 떠올리며 가끔이라도 행복함을 느끼며 보람차게 일하고 싶습니다.

행복으로 가는 길

• 박정민

이화여자대학교 의과대학 부속 서울병원

작업복으로 갈아입고 탈의실에서 나와 간호사실로 향하는 길에 보호자와 눈이 마주친다. 잠시 환자를 봐달라고 말하면, 어떤 환자인지도 모른 채 일단 가서 환자 상태를 확인한 뒤 요구사항을 들어준다. 이렇게 그날의 근무가 시작된다.

간호사의 업무는 포괄적으로 정의하면 별 게 없어 보일 수 있다. 입원한 환자들의 상태를 확인하고 퇴원할 때까지 의사 처방에 따라 각각의 환자에게 알맞은 처치와 간호를 수행하며 타 부서와 환자 사이를 중재하는 것이 우리네 일이다. 하지만 그 면면을 살펴본다면 임상은 전쟁통과 다름없음을 어렵지 않게 알 수 있다.

생각보다 많은 사람들이 다양한 이유로 간호사를 찾는다. 시간마다 정해져 있는 업무를 밀리지 않고 처리해야 하는 와중에, 틈틈이 그들의 문의사항과 요구사항을 들어줘야 한다. 모두가 자신이 1순위라 하며 생각지도 못한 숙제를 많이 들고 오고, 몸이 하나밖에 되지 않는 내가 바로바로 해결해야 하기에 업무가 가중되고 지연되기도 한다.

환자에게 발열, 호흡곤란 등의 증상이 발생한다면 진료과에 알려 바로 처치해야 하고, 의사 회진은 언제인지 묻거나, 밥이 맛이 없다든지, 환의와 기저귀를 갈아달라든지, 의료기기를 봐달라든지, 면담을 하고 싶다든지, 환자 상태와 직접적인 연관이 없는 일들도 우선 순위에 따라 최대한 빠르게 해결해줘야 한다. 후순위로 밀릴수록 눈치를 주거나 화를 내는 경우가 많기 때문이다. 한 차례 회진이 끝나면 EMR 전산에 쌓여있는 수십 개의 처방을 확인하며 그에 따른 처치를 수행해야 하고, 그와 동시에 누군가 받을 때까지 쉬지 않고 울리는 병동 내 전화기를 들고 타 부서의 문의사항을 처리해야 한다.

가끔은 언제 퇴원했는지 기억도 나지 않는 환자, 보호자에게서도 전화가 온다. 추가된 업무가 마무리되지 않은 상태에서 어디선가 또 새로운 요구사항이 생기고, 이를 해결하다 보면 어느 순간 루틴 업무는 손도 대지 못하고 있음을 알게 되며 인계시간이 다가올수록 마음은 조급해진다. 그러다 환자 상태가 갑자기 악화되기라도 한다면 그날 제시간 내의 퇴근은 꿈도 꿀 수 없다.

위와 같은 상황은 인계를 주고받는 중에도 멈추지 않고 반복되며 그날의 업무가 끝나도 계속 이어지고 탈의실 문을 닫기 전까지 절대 안심할 수 없다. 내 근무지를 포함한 대부분의 평범한 임상에서 볼 수 있는, 흔하디흔한 일상과도 같은 풍경이다.

행복한 인생은 대부분 조용한 인생이라고 했다. SNS에서 떠도는 많고 많은 글중, 고개가 저절로 끄덕여질 만큼 내 공감을 산 문구였다. 그도 그럴 것이, 나는 정적 속에서 편안함을 느끼고 내면의 안정을 취해왔다. 어렸을 때부터 혼자 조용히 있는 것을 좋아해서 다른 사람들이 신기해할 정도였다. 지금도 별반 다르지 않다. 쉬는 날에는 현관 문턱을 절대 넘지 않는다. 집에서 특별히 무언가를 하려고 하지도 않는다. 이것이 내가 쉬는 날을 보내는 방법이다. 나만이 있는 집에서 온종일 느낄 수 있는 고요함이 좋기 때문이다. 할 수만 있다면 평생 누리고 싶을 정도로 말이다.

그러나 내 뜻대로 흘러가지 않는 것이 인생이란 말도 있듯이, 내가 선택한 일터는 내가 궁극적으로 추구하는 삶의 모습과는 매우 거리가 멀었다. 내 성향을 아는 지인들은 어떻게 내가 간호사를 계속하고 있는지 신기해했다. 나조차도 임상에서 차곡차곡 경력을 쌓고 있는 내 자신을 보며 놀라움과 의문이 함께 차곡차곡 쌓이고 있는데 옆에서 지켜보는 사람들은 오죽했을까.

내가 주변에서 간호사를 한다고 하면 대개 두 가지를 물어본다. 첫 번째는 일하고 있는 부서를 묻는다. 이에 대학병원 병동에서 근무한다고 대답하면 상대방은 흥미로운 눈빛을 보내며 어떤 환자들을 주로 보는지 질문을 한다. 나는 별 생각 없이 신장내과, 순환기내과 환자들이 주로 입원한다고 대답한다. 그러면 상대방은 내가 대견하면서도 안쓰러워 죽겠다는 표정을 지으며 말을 더 잇지 못한다. 어쩌다 그런 힘든 곳에서 일하게 되었느냐는 의미임을 모를 수가 없다. 이런 반응에 어느 정도 면역이 되었다지만 대학교 동기들이나 타 부서에 있는 입사 동기들에게서 비슷한 시선을 받게 되면 내가 현재 부서에서 근무하는 것이 옳은 길인지 진지하게 고민할 수밖에 없는 것이다.

올해로 임상 경력 4년 차가 된 나는 병원이 개원한 그해 3월, 신규로 입사했다. 자기소개서에 적었던 나의 입사 전 포부는 창대하고 구체적이었으며 전도가 유망한 무한한 가능성의 결정체였다. 그러나 험난한 현실에 순진한 첫발을 내디딘 사회초년생의 당찬 계획은 입사 후 너무나 쉽게 힘을 잃었다. 임상에서 필요로 하는 업무능력이 내게는 단 한 가지도 없다고 모두가 입 모아 말했기 때문이었다. 다년간의 경험에서 온 그 말들은 뇌리에 강하게 박혀 임상에서의 내 미래는 없을 것이라 단정 짓게 했다. 그렇게 끝을 정해놓고 나와는 맞지 않는다 생각한 옷을 입고 하루하루를 보내던 중, 기피 부서로 유명한 지금의 부서로 인사이동이 이루어졌다.

전부터 유명세를 떨치고 있었던 현재 부서를 직접 경험해보니 이전 병동과는 차원이 달랐다. 급변하는 환자 상태에 기민하게 대처해야 하는 것은 당연지사였고, 다른 진료과와 비교했을 때 몇 곱절은 더 예민한 이곳—신장내과와 순환기내과—의 환자, 보호자들의 반토막 난 인내심을 시험해서는 안 되었다. 섬망이 있는 환자는 언제 돌발행동을 할지 몰라 전전긍긍했으며 폭언, 폭력, 탈원, 난동 등의 일도 생각보다 잦았다. 한 병실을 돌고 나오면 한숨이 못해도 세 번은 나왔다. 다 뱉어내지 못한 한숨의 수 세기를 포기했을 때 나는 적당한 사직 이유를 찾았다 생각했다. 하지만 나는 여전히 임상에 남아 있고, 그 이유를 두 가지로 들 수 있다.

가장 큰 버팀목이 된 건 동료 간호사들이었다. 업무적으로나 업무 외적으로나 내가 힘들어 보일 때면 무슨 일이냐며 물어봐 주고 자초지종을 들어주었다. 내가 버거워하는 일이 생기면 주저 없이 도움의 손길을 내주었다. 수평적인 분위기 속에서 모르는 것을 차근하게 알려주고 문제가 생기면 의견을 제시하여 함께 해결해 나갔다. 그 과정에서 나는 임상에서 간호사들끼리 서로 의지하며 근무할 수 있다는 것을 알았다. 나라는 사람을 동료로 받아들여 주고 내 편에서 귀를 기울여주는 동료들에게서 소속감과 안정감을 느꼈다. 그와 동시에 나 역시 다른 동료 간호사에게 도움을 줄 수 있는 믿음직스러운 존재가 되고 싶다는 생각이 들었다. 그러다 보니 누가 시킬 때만 했던 공부를 스스로 하고 있었고, 조금이라도 여유가 된다면 다음 근무자도 여유가 있길 바라는 마음으로 자잘한 업무를 조금씩 해결해 주었다.

그리고 이따금 나에게 심심한 위로와 따뜻한 격려의 말을 해주는 환자, 보호자, 그리고 간병인들에게서 힘을 얻었다. 안부 인사는 꼭 식사와 관련된 말로 하는 한국인의 특성이 임상에서도 적용되는지,

나만 보면 그렇게들 밥은 먹고 일하는 건지 물어보았다. 건강 챙기면서 일하라며 주머니에 찔러 넣어준 간식이 꽤 요깃거리가 되었다.

투석을 위해 입원한, 과거력이 많고 연세 지긋한 신장내과 환자가 있었다. 목소리가 지인과 닮았다며 나를 손녀처럼 대해주던 환자였다. 언젠가 너무 바빠 정신없이 뛰어다니고 있는데 환자를 봐주는 간병인이 나를 급하게 부른 적이 있었다. 이유를 물어도 대답을 얼버무리는 바람에 답답하면서도 얼마나 안 좋은 상황이면 당황해서 말을 잘 못 할까 싶었다. 하지만 서둘러 환자를 확인했을 때 내가 마주한 건 너무나도 평온한 얼굴로 간식을 먹고 있는 환자였다. 울컥하려는 찰나 환자가 나를 보고는 포장도 뜯지 않은 간식을 손에 쥐어 주었다. 알고 보니 바쁘게 일하는 것이 안쓰러워 간식을 주기 위해 간병인을 통해 나를 부른 것이었다. 나는 다른 의미로 다시 울컥할 수밖에 없었다. 그 환자는 퇴원하는 날에도 오후에 출근하는 내 얼굴을 보고 나서야 자리를 정리했다.

나는 간호업무가 꽤나 일방향적인 것이라 생각했었다. 환자는 돈을 지불하면 그만이고 간호사는 그런 환자에게 간호를 제공하는 다소 일방적 헌신의 관계라 여겼었다. 정서적 지지와 공감은 오로지 환자만 받는 것인 줄 알았다. 하지만 이 환자 덕분에 나는 학생 때 배웠던 라포가 무엇인지 온 마음으로 느낄 수 있었다. 흔치 않지만 그들에게서 느낀 따뜻함은 한 번 겪으면 도저히 잊을 수 없는 것이었다.

이렇게 사소하지만 강하고 긍정적인 파급력을 가진 일들은 하나 둘씩 모여 3년이란 임상에서의 짧고도 긴 시간을 버틸 수 있게 해준 원동력이 되었다.

앞서 행복한 인생은 대부분 조용한 인생이라고 했다. 내가 그간 추구하려던 삶은 물리적인 조용함이었으나, 이런 조용함을 좇는다면 나는 절대 행복한 삶을 살 수 없을 것이다. 깊은 산속에서조차 완벽한 정적은 있을 수 없기 때문이다. 나는 '조용한 인생'이 의미하는 바가 단순히 사전적인 의미가 아님을, 북새통을 이루는 이곳 임상을 통해 깨달았다. 모순이 아닐 수 없다.

육체적으로 힘은 들 수 있다. 지금도 가끔은 버거운 업무량에 온몸이 짓눌리는 기분이 들 때가 있다. 하지만 서로를 향해 뻗어있는 손들과 서로에게 전하는 수고의 말들, 서로가 있기에 누릴 수 있는 소소한 즐거움, 타인으로부터 받는 따뜻한 공감과 위로, 이에 보답하고자 더 나은 내가 되기 위해 이뤄내는 작은 성취가 조금씩 모여 나의 내면은 단단해졌다. 이를 통해 심리적 안정으로 촘촘히 모인 삶이 진정으로 조용한 인생임을, 그게 곧 행복으로 가는 길임을 나는 알았다.

이제 나는 더 먼 미래를 꿈꾸게 된 행복한 간호사이다.

길고 어두운 터널 끝,
일상이라는 행복

• 홍원기
건국대학교병원

"아빠 잠깐만 나 아직 마스크 안 했어!!"

안정적이고 평범한 일상 속 한 가정의 가장이자 5살 아이의 아빠,
병원에서는 정형외과방 책임간호사로 부족하지도 넘치지도 않은 생
활을 하는 나에게 뜻밖에 찾아온 코비드 19라는, 이렇게 길지 상상
도 못 했던 터널은 참 많은 것들을 바꾸어 놓았다.

처음 시작은 한 번 겪어 보았던 메르스를 연상시켰고 유사했다.
중증의 환자와 사망자도 나오기는 했지만 많아봐야 몇백 명, 길어봐
야 몇 달이면 눈앞에 보이는 종착역이겠거니 여겼다.

수술실에서 일하는 특성상 제발 확진자를 수술하는 상황만은 벌
어지지 않기를 바라는 마음과, 또 혹시나 메르스 때처럼 병원이 폐

쇄되어 뜻하지 않게 장기간 휴가를 받게 되는 행운 아닌 행운이 찾아오지는 않을까 하는 어찌 보면 못된 기대감과 더불어 일상의 큰 변화 없이 몇 달이 지나갔다.

그렇게 예상대로 확진자는 몇십 명에서 몇백 명으로 늘어갔고 정확히 기억에 남는 하루도 없던 일상이 변화하기 시작했다.

그때까지만 해도 마스크 착용만이 조금 달라진 일이었을 뿐 지인들과 식사를 하거나 병원 회식을 하는 것에 크게 제한은 없었다. 그날도 같은 팀으로 일하는 교수님과 간단한 저녁 회식이 잡혀 있었다. 그런데 뭔가 심상치 않았다. 아침부터 여러 인터넷 매체에서 확진자 폭증이라는 기사를 통해 당일 확진자 600명이라는 소식이 전해졌고, 갑자기 나도 확진자가 될 수 있겠다는 불안감이 엄습했다. 한창때 확진자에 비하면 그리 큰 숫자도 아니었는데 말이다. 그렇게 교수님께 식사 불참을 알리고 집으로 돌아오며 몇 차례 잡혀 있던 모임 및 일정들을 이런 저런 핑계로 취소하였다. 그렇게 코로나라는 터널이 깊고 어두워지며 확진자는 순식간에 증가했고 원내 동료들에게도 확진의 그림자가 서서히 드리워지기 시작했다.

얼마 지나지 않아 아버지가, 또 해외 지사에 나가있던 매형이 코로나에 확진되었고 뉴스에서만 보던 일이 이제는 내 주변 일로 체감되기 시작했다.

수술이 예정된 환자분들에게도 입원 전 검사에서 확진 결과가 나오는 사례가 늘어갔고, 간단한 수술들은 취소가 되었지만 위급한 수술들은 보호 장구를 힘겹게 착용하고 진행하게 되었다. 인력의 여유가 되는 평일 정규시간은 그나마 괜찮았지만 주말, 당직 근무의 경우 간절히 내 근무 때 확진자 수술이 없기만을 바라며 출근하는 날의 연속이었다.

그럼에도 코로나 최전선인 외래나 선별진료소에서 근무하시는 선후배 간호사를 생각해 보면 PCR[1]검사 후 음성이 확인된 환자들을 담당하는 수술실 간호사인 것에 감사해야 할 일이었다.

그렇게 어느덧 원래의 일상을 떠나 코로나와 마스크와 함께하는 '위드 코로나'의 일상이 더 익숙해지기 시작했다. 병원에서는 근무복으로 개복 시에도 마스크를 벗지 않는 것이 일상이 되어버렸다. 안타까운 것은 함께 일하는 동료들조차 언제나 나에게 코로나를 전염시킬 수 있는 전파자가 될 수 있다는 생각에 경계심마저 들게 된다는 것이었다.

유치원에서도 확진자가 종종 발생하여 가정 보육을 하는 일이 늘었고, 언젠가부터 외출하거나 차에서 내릴 때 내가 깜빡한 경우에도 아이가 먼저 "아빠~ 나 마스크 아직 안 했어~ 기다려줘." 하는 말을 듣고 있노라면 그렇게 쓰라고 쓰라고 해도 벗으려고 했던 근 일년 전의 아이의 모습이 아련히 지나갔다.

동료들 간의 퇴근 후 식사도, 커피 한잔도 죄책감으로 다가왔고

---

1 PCR(Polymerase Chain Reaction, 중합효소연쇄반응): DNA의 원하는 부분을 복제·증폭시키는 분자생물학적인 기술

여러 지인들과의 만남, 친척들과의 모임 그리고 성가대 활동과 같은 신앙생활에도 완전한 멈춤이 찾아왔다.

　사람은 적응의 동물이라 했던가. 어느샌가 이런 불편함과 아쉬운 상황들이 편하고 안정적으로 느껴졌다. 심지어 코로나가 종료되고 다시 예전으로 돌아가면 또 얼마나 귀찮은 일들이 많아질까 하는 생각까지 들 정도였으니 말이다. 그런데, 조심조심했음에도 불구하고 결국 우리 가족에게도 코로나가 찾아오고 말았다. 와이프와 아이가 먼저 확진되었다. 근무 중 확진 소식을 듣고 솔직한 심정은, '그래도 내가 확진되어 가족들에게 전염시키지는 않았다'는 안도감이었다. 곧이어 퇴근 후 집으로 가야 할지 다른 거처를 마련해야 할지 기로에 서게 되었지만 아픈 몸으로 육아까지 할 와이프 생각에 이렇게 된 이상 나도 그냥 확진이 될 테니 집으로 가자고 마음을 굳혔다.

　그렇게 도착한 집, 와이프가 코로나 증상이 있는 몸으로 내가 따로 머무를 화장실이 있는 안방을 락스 청소까지 하고 침구류도 새것으로 싹 바꾸어 놓았다. 그런 와이프의 노력 덕에 결국 지금까지 나는 비확진자이다. 가족들에게도 큰 증상 없이 우리를 찾아왔던 코로나는 지나갔다.

　그렇게 이대로도 큰 불편이 없을 것 같던 일상이 이어지던 중 정신을 번쩍 들게 만든 몇 가지 일들이 일어났다. 먼저는 '대학병원 최초의 남자 간호사 정년퇴직'이라는 기념비적인 일이었다. 수술간호사회 회장까지 역임하셨고, 수술실 신규 간호사로 입사 당시 부서

팀장님으로서 많이 챙겨 주시고 조언해 주셨던 우진하 선생님의 정년퇴직이었다.

결국은 코로나 확산의 위험 때문에 식사 한 번 하지 못하고 방역 지침을 철저히 준수하며 진행된 감사패 전달과 간단한 인사만으로 병원을 떠나가게 되셨다.

그즈음 같은 부서에 들어온 신규 남자간호사의 입사 한 달 만의 퇴사 사건도 있었다. 평상시 같으면 오지랖 넓은 성격에 밥 먹자고 하고 퇴근하고 차 한잔하자고 하고 시시콜콜한 것들을 궁금해하며 수술실 남자간호사 소모임도 했었을 텐데, 병원의 방역 지침 준수하랴, 집안 가족들 걱정하랴 식사 한 번을 하지 못했고 사직서를 제출한 당일에서야 이야기를 나누며 힘들었고 외로웠었다는 심경을 듣게 되었다.

그런 두 아쉬움 가득한 사건을 겪고 마음이 뒤숭숭하던 즈음, 30만 명까지 폭증했던 확진자는 만 명대에 가까워졌으며, 얼마 전 실외 마스크 의무가 해제되고 많은 부분이 일상을 되찾고 간호학생 선생님들의 실습도 다시 시작되었다. 이런 기쁨에도 불구, 예전과 같지 못한 부서 동료들과의 거리, 선배님의 정년, 안타까운 후배의 응급 사직까지 아쉬움 가득한 일들이 머릿속에 남는다. 이런 아쉬움에서 그친다면 우리가 코로나라는 전염병에, 앞으로 어떤 모습으로 나타날지 모를 또 다른 전염성 질환에 지고 마는 것이라는 생각이 들었다.

이런 후회들을 곱씹으며 책임 간호사로 교육할 후배들을 한 번 더 돌아보아야겠다. 다시 시작된 수술실 봉합사 부분을 담당하고 있는 간호대 학생 교육에도 충실히 지식과 마음을 담아야겠다고 되새긴다. 그리고 수술실 동료들과, 간호사 사회에서 소수의 성별로 어려움이 있을 우리 남자간호사들 모임까지 챙기고, 영웅이라 불리며 최전방 전선에서 싸워주었고 앞으로 닥칠 다른 어떠한 전염병과도 싸워 나갈 선후배 간호사 선생님들의 용기와 전문성을 본받아 한 걸음 더 발전해 나가야겠다. 간호사라는 조직, 그리고 그에 소속된 수술실 간호사이자 한 가정의 가장인 나도, 코로나라는 긴 터널의 끝에 이제 한 줄기 빛으로 다가오는 일상에서 모두의 행복을 향해, 나의 직장과 나의 가족과 나 자신의 행복을 향해, 어떠한 상황에 처하더라도 오늘의 마음가짐을 잊지 않기를 바라본다. 다 함께 happy happy!!

길고 어두운 터널 끝, 일상이라는 행복 1_홍원기(건국대학교병원)

길고 어두운 터널 끝, 일상이라는 행복 2_홍원기(건국대학교병원)

길고 어두운 터널 끝, 일상이라는 행복 3_홍원기(건국대학교병원)

가장 낮은 곳에서의 행복
_경희의료원의 발바닥 본관13층

• 오지연
경희의료원

"행복한 가정은 저마다 비슷한 모습을 하고 있지만,

불행한 가정은 제각기 사정으로 다른 모습을 하고 있다."

러시아의 대문호 레프 톨스토이의 소설 『안나 카레니나』의 첫 문장이다.

내가 출산을 하고 산후우울증을 겪은 이유를 물으면… 안나 카레니나의 글을 빌릴 수밖에 없다.

너무 어린데 애를 낳음, 딸인데 애기 얼굴이 못생김, 남편이 따뜻한 사람이 아님, 날이 더운데 시원한 바람을 맞으면 안 된다, 미역국을 먹어야 좋다는 풍습, 함몰유두라 일찌감치 포기했는데 자꾸 모유수유를 하라는 시엄마 등등.

조리원 대신 친정집을 선택한 것은 당연한 처사였을지도 모른다.

친정집은 도봉구 방학동이다.

부지런한 친정 엄마는 아가를 무던하게 만든다. 씻고 자고 먹고 자고.

어찌 보면 이때가 사람의 인생 중 가장 행복할지도 모르겠다는 생각이 든다.

꼼짝도 안 하는 나에게 좀 나가서 걸어보라는 엄마의 성화에 동네 근처를 아무 생각 없이 걸었다.

길가 앞 반대편 건물에서 나이가 지긋하신 할머니들이 기계 앞에 앉아서 무언가를 하고 계셨다. 자세히 보니, 양말 모양의 판에 옷감을 걸어 놓았다가 뒤집어 양말 형태를 만드시는 작업이었다.

기계 돌아가는 소리, 할머니들의 웃음소리, 라디오 노래 소리, 차가 쌩쌩 다니는 소리…

처음에는 반대편 길가에 서서 아무 생각 없이 그 모습을 보다가, 그냥 아예 대놓고 앉아서 보았다.

그냥… 그냥… 내 눈에 그분들이 참… 행복하게 보였다.

한 1시간쯤 가까이 되었을까?

할머니들 중 나이가 가장 어린, 제일 젊으신 분이 길을 건너오셨다.

"애기엄마, 몸 푼 지 얼마 안 된 것 같은데 바닥이 딱딱하니 여기 있음 안 좋아요. 같이 저리로 갈래요?" 하며 음료수를 담은 종이컵을 내미셨다.

모르겠다… 왜 그렇게 눈물이 쏟아졌는지….

친구가 갑자기 어느 날부터 머리가 너무 아프다 했다.

내가 신경과 병동에 근무하고 있으니, 연락을 취한 것이다. 나는 친구에게 당장 입원을 해서 검사를 하자고 설득했고, 친구는 마지못해 입원을 하였다.

병원은 열일하는 간호사를 제외하고는, 환자와 보호자 입장에서 시간을 멈춰버리게 하는 마법을 부린다. 검사와 시술을 위해 대기하고 있기에, 시간이 지루하게 안 가는 것같이 느껴지기 때문이다.

대학 때는 드문드문 알았던 친구였지만, 병원의 시간 마법에 둘이 간만에 오랫동안 앉아 이야기를 하다 보니, 살아가면서 느꼈던 부분들이 너무 통했다. 우린 금방 절친이 되어버렸다.

친구는 1주일이나 입원했지만 두통의 원인은 찾지 못하였고, 퇴원 후 간간이 만났지만 여전히 고생을 하고 있었다.

그 후 내가 병동 오픈으로 연락 없이 지내다가 4개월이나 지나고서야 다시 만났다.

친구는 내가 늘 부러워했던 지인 중 한 명이었다. 하는 일도 잘하고, 애들도 잘 키우고, 남편도 살림꾼이고 친구한테 잘한다는 것을 알고 있었다.

4개월이나 지난 친구의 첫마디. "지연아, 나 이제 안 아파."

약을 바꿨나? 어떻게 나아졌나?

나의 속사포 같은 질문에 친구의 답이 너무 의외였다.

어느 날 왜 본인이 아픈지 생각해 보았다고 한다. 돌이켜 생각해

보니 사람들이 다 싫었다고 한다. 그때 상사도 미웠고, 자기에게 설명 들으러 오는 사람들도 싫고 심지어 본인도 싫었다고 한다.

일단 하던 일을 관두고 잠시 쉬기로 했다고 한다. 워낙 일을 하던 사람이라 한 달쯤 되니 맘은 편한데 몸이 불편해지더란다. 그래서 사람이랑 말을 섞지 않는 일을 해보자 해서 시작한 것이 마트 캐셔였다. 마트 캐셔가 바코드만 찍는 일인 줄 알았지만, 알게 모르게 캐셔 사이에서도 보이지 않는 서열이 있었고, 그 내부 조직만의 규율이 싫어서 2주 일하고 나왔다 한다.

그리고 그냥 하루는 멍하니 걷고 있는데 동네에 양말 공장이 보였다고 한다.

앉아서 양말을 뒤집는 일인데 가만히 보니 말은 안 하고 일만 하는 것이 너무 좋아보였단다.

그래서 양말 공장에 가서 일을 했는데, 몸은 너무 너무 힘들지만, 간만에 노동의 기쁨을 느끼고, 무엇인가에 집중을 하고, 일단 말을 안 하고 일만 하니 너무 좋더라고.

그러면서 '아 나도 이런 능력 있는 사람이었고, 뭔가 할 수 있는 사람인데…'라는 생각이 정말 몇 년 만에 들었다고 한다.

그리고 열일하는 자신이 너무 멋지고, 사랑스럽게 느껴지니 자신 주위의 사람들이 눈에 들어오기 시작했다고 한다.

그래서 같이 일하는 아줌마들, 할머니들의 간식을 싸와 나눠먹으면서 친해지고, 하하 호호 웃으니 두통이 서서히 사라지더라고.

진짜? 진짜?

듣는 내내 내가 한 말은 계속 저 단어였던 것 같다.

도봉구에는 양말 공장이 무려 40개가 넘는다. 쌍문동 지역 일대와 방학동 지역 일대에 밀집해 있다. 여기서 우리나라 전체 양말산업의 40% 이상을 담당하고 있다.

도봉구에 양말사업이 흘러들어 온 것은 모든 사업이 그러하듯, 땅과 시설, 관리료의 압박이 덜한 곳, 그리고 기술자가 있거나 일할 사람이 있는 곳이었기 때문 아닐까?

최근 도서관에서 『버선에서 페이크삭스까지(대한민국의 발바닥~ 도봉구의 양말공장 이야기』 (수필과비평사)란 책을 보자마자 18년 전의 길가에서 펑펑 울었던 나의 기억이 올라왔다.

두통 친구도 도봉구 어느메에 산다.

『버선에서 페이크삭스까지』 책은 도봉구에 있는 60여 분의 양말 공장 사장님들의 사연, 어려웠던 점, 좋았던 점, 희망이나 소망을 엮은 책이다.

그중 주희섬유의 박화장 사장님의 이야기가 눈에 띄었다. 부모님이 한국인이었지만 어려서 중국에 살았던 그분은 한국말이 서툴러 결혼 후 한국에 정착하여 양말공장을 하는 과정에서 엄청나게 힘들었다고 한다. 기계소리가 너무 커서 매번 지하에 봉제공장을 차렸는데 그때마다 같이 일해 주셨던 '우리 식구'라 칭하는 어르신들에게 많은 것을 배웠다고 했다.

"무슨 일이 있든 같이, 더불어, 맞추어 주는 것, 그거보다 행복한 것이 없어요. 그게 최고예요. 나만 생각하는 것이 아니고, 무슨 일 있으면 서로 도와주고, 얘기하면서 풀리고, 같이 고민하고, 저는 우리 식구들하고 있을 때 제일 행복해요."

경희의료원 본관 13층은 2020년 6월 24일 재활의학과, 응급의학과 병동으로 오픈하였다.

2021년 12월 24일 코로나 병동으로 파견을 위해 병동을 폐쇄하고 나와 모든 간호사들이 코로나 중증 병상으로 파견을 나갔다.

2021년 3월 21일 병원 내 코로나 환자들을 수용하기 위해 코로나 코호트 병동으로, 2021년 5월 6일에는 일반병동으로 재오픈 과정을 거쳤다.

코로나의 소용돌이에서 병동의 폐쇄를 2번이나 하고 재오픈을 3번이나 시행한 병동이다.

우리 간호사들이 나에게 차라리 '원망'이란 걸 해주었으면 덜 힘들었을지도 모른다.

코로나 중증 병상으로 파견 갈 때도 "우리 같이 가는 거면 같이 가야죠, 수선생님도 가시는데 같이 가야죠, 당연히 같이 하는 거 아니에요?" 혹은 몸이 아파 파견 명단에서 제외되자 "같이 해야 하는데 못 가서 너무 죄송해요. 너무 미안해요. 왜 제 몸은 이럴까요?" 이런 반응을 주는 멤버들.

다시 코로나 코호트 병동으로 오픈할 때도 "우리 같이 하면 돼요.

중중환자도 봤는데 왜 못 하겠어요? 우리 멤버들 다시 모이는 것 맞는 거죠?"라며 본13의 이름으로 뭉치면 된다는 그들의 말 하나하나.

나는 '행복'이란 말은 사람이 사회적 동물이기 때문에 나온 단어라고 생각한다.

사람은 혼자 살아나갈 수 없는 동물이기 때문이다.

스토아 철학자인 마르쿠스 아우렐리우스(라틴어: Marcus Aurelius Antoninus)는 "나는 사회를 위해 뭔가를 했는가? 그렇다면 그것은 내 이익을 위해 한 것이다."라고 말하고 있다.

즉 내가 행복하기 위해서는 남을 돌아봐야 한다는 것이다.

두통 친구도 자신을 생각하다 주위를 돌아보았고, 타인과 함께 웃다가 나아졌으며, 나 또한 산후우울증으로 어려워하다 주위를 돌아보았고, 타인의 따뜻한 손길에 나아진 케이스 아니던가.

내가 살아온 반백 년을 돌이켜보니, 누군가에게 대가 없이 무엇인가를 해주었을 때 도움을 받은 이들이 좋아할 때 같이 좋아하며 행복했고, 그로 인해(꼭 그렇지 않더라도) 나의 존재를 인정받았을 때가 가장 행복했다.

그래서 남들이 싫다 또는 어렵다 할 때 내가 안 하면 누군가는 힘들어지겠지 하는 생각을 가지고 조금 힘들어도 다른 사람을 도울 수 있을 때가 행복한 것이다.

너도 있고, 나도 있고, 모두 함께 고생했다, 지금도 잘하고 있고,

잘했다고 인정해 줄 때가 가장 행복하다.

나는 그래서 지금 또 일반 병동 오픈으로 가장 힘들지만, 또한 가장 행복하다.

60여생을 사신 도봉구 양말 공장 사장님이 언급하셨던 '우리 식구'

"무슨 일이 있든 같이, 더불어, 맞추어 주는 것, 그것보다 행복한 게 없어요. 그게 최고예요."

한 명의 낙오자 없이 경희의료원의 본13의 이름으로 가장 낮은 곳에서부터 서로의 존재를 믿고, 우리가 해보자, 잘 견뎠다, 잘했고, 잘하고 있다 서로 격려하는 이들. 이들로부터 뿜어져오는 행복의 아우라.

오늘 행복하시고 싶으신가요?

가장 낮은 곳에서 행복한, 경희의료원의 발바닥 본13 멤버들이 모두 한소리로 들려드립니다.

"우리도 같이 있어요~ 우리 함께 견디어 내면 됩니다. 지금 여러분 모두 잘 하시고 계신 것 저희가 압니다!!!!"

가장 낮은 곳에서의 행복_오지연(경희의료원)

미스코리아 선생님

• 손민희
서울대학교병원

　대학교 시절 공부를 열심히 하지 않았던 나는 흥미 없는 과목 하나 때문에 국가고시에 떨어지지 않을까 걱정을 할 정도였지만, 다행히 합격하였다.

　운 좋게 서울대학교병원에 취업까지 되어 행복한 인생이 완성된 것 같았다.

　하지만 내가 상상했던 모습과 달리, 병동에서 3교대 근무를 시작하면서부터 병원을 출근하기 전에 늘 긴장이 되었다.

　데이근무 전날은 혹시나 잠에서 못 깨어 지각하지 않을까 하는 상상만으로도 등골이 오싹했다. 매번 시계와 휴대폰 등으로 알람 여러 개를 맞춰놓았고, 새벽이 되기 전까지 적어도 두세 번은 잠에서 깨어 시간을 확인하고 다시 잠들고를 반복했다. 사회초년생이라면 대부분 내 이야기에 공감할 것이다.

일하면서 느끼는 보람이나 즐거움보다는 작은 실수에도 환자가 큰 위험에 빠지지 않을까 싶어 실수를 하지 않기 위해 항상 날 선 채로 일을 하는 것이 익숙해졌다.

　나름 사고 치지 않고 열심히 일하여 5년 차 간호사가 되었을 땐, 내가 보는 세상이 전부인 착각도 하여 내 몸과 마음이 힘든 시기에는 근무하는 내내 더욱 예민하게 생각하고 행동하기도 했던 것 같다.

　그쯤 2차 사춘기가 온 것처럼 내가 왜 간호사가 되었는지, 행복하려면 어떻게 해야 하는지를 많이 고민했다. 확실한 해답을 얻진 못했지만, 나의 생각과 태도를 바꿔야겠다고 다짐을 하며 병원에서 간호사로 일하는 나와 평소의 나를 철저하게 분리하기 시작했다.

　출근 전 어떤 개인적인 일이 있었을지라도 출근을 위해 집에서 나오면 마인드 컨트롤을 하려고 노력했고 버스에서 내려 병원 울타리를 들어서는 순간부터 내가 근무하는 병동까지 걷는 5분여 동안 오늘 내가 만날 환자와 보호자, 동료들을 생각하며 기대하는 마음을 의도적으로 가졌다. 환자 상태나 일의 중증도는 내가 미리 걱정하고 고민해도 똑같으니 생각하지 않고 오롯이 나의 마음 상태를 평온하게 만들기 위해 노력했다.

　병동에 출근을 하여 만나는 사람들에게 늘 먼저 밝게 인사를 하였고, 일하고 있는 동료들에게 같이 있으면 즐겁고 편안한 사람이 되고자 했다.

내 경력의 대부분이 어린이병원에서 이루어졌는데, 희귀질환 아이들이 많은 병동에서도 근무를 하였고, '사랑의 리퀘스트'라는 프로그램에 내가 담당했던 많은 환아들이 출연하기도 하였다. 덕분에 아이들이 달고 있는 각종 기계를 만지고 처치를 하던 내 손도 TV에 자주 비춰졌었다.

나는 병실로 라운딩을 가면 아이들 귀에 작은 목소리로 "미스코리아 선생님 왔어요."라고 말하면서 활력징후를 재었다. 각종 동물들과 뽀로로 캐릭터 목소리를 흉내 내며 기분 좋지 않은 아이들을 달래고 웃게 만든 후 병실을 나오면 나도 참 즐겁고 행복했다.

선천성 면역질환을 앓던 한 여아는 돌쯤부터 병동에 자주 입원하였는데 말도 참 빨리 배워 걷기 시작하면서부터 쫑알쫑알하던 아이였다. 세 살쯤부터 여기저기 병실로 나를 따라 들어와 내가 일하는 모습을 참견하던 귀여운 아이였는데 한동안 입원을 하지 않았고 8년 후 내가 아이를 출산하고 복직한 병동에서 뇌졸중 후유증으로 편마비가 온 모습으로 다시 만나게 되었다.

더 이상 근무시간 내내 쫑알쫑알 참견하던 아이가 아닌, 나를 기억하고 반가움에 웃고 있지만 한쪽 손은 웅크려진 채로 침을 흘리고 있었고, 작은 워커를 잡고 절뚝절뚝 간신히 걸을 수 있는 조금 큰 아이가 대신 서 있었다. 사실 달라진 아이의 모습을 보고 너무 슬펐지만, 나를 보고 반가워해주는 아이와 보호자에게 누가 될까 함께 손을 잡고 웃어줄 뿐이었다.

지금은 초등학교 고학년이 되었는데 잠시 학교를 쉬고 있다던 아이가 다음 날 마비가 없는 오른손으로 나를 그린 그림을 선물로 주었다.

명찰을 걸고 있는 나를 그린 모습이었는데, 명찰을 자세히 보니 '미스코리아'라고 적혀 있어 보자마자 아이의 보호자와 함께 웃을 수밖에 없었다.

8년 전 내가 라운딩을 하며 너무 주입식 교육을 했던 탓인지 나를 미스코리아 선생님으로 기억해주고 있는 그 아이는 여전히 사랑스러웠다.

어린이병원에서 근무를 하면서 이런 소소한 행복을 느낄 수 있었는데 이 글을 쓰고 있는 지금은 그 사랑스러운 아이가 어디서 어떻게 지내고 있을지 궁금해진다.

어느덧 나는 20년 차 간호사로 작년부터는 고객상담실에서 근무를 하고 있다.

작년에 이 부서에 지원했을 때 주위에서 다들 힘든 곳에 왜 가려고 하냐고 나보다 더 걱정을 해주었다. 실제 업무에 적응하면서 내가 고객의 감정쓰레기통인 것 같은 생각에 힘들기도 했지만, 내 생각과 관점을 달리하여 나를 필요로 하는 사람들이 오는 곳이라 생각하고 상담을 진행하니 그런 생각은 들지 않기 시작했고 민원인을 온전히 나의 고객으로 바라보고 대할 수 있었다.

분명 병원 시스템은 과거보다 많이 발전하여 환자들의 시간을 단축해 주고, 편리한 인터넷 예약, 하이패스 결제 등의 시스템이 갖춰졌지만 빠르게 변화하는 세상 속에서 시스템과 AI가 대신해 주지 못하는 것은 사람의 온기를 전하는 것이 아닐까 싶다.

나는 따뜻함을 전하는 간호사가 되고 싶고, 그 속에서 나의 가치를 발견하며 소소한 행복을 느끼고 싶다.

용기를 내어 생각하는 대로 살지 않으면 머지않아 사는 대로 생각하게 된다.

사는 대로 생각하는 엑스트라의 삶을 살지, 내가 생각하는 대로의 주체적인 주인공의 삶을 살지는 본인의 선택이다.

"대부분의 사람들은 마음먹기에 따라 행복할 수 있다."

-에이브러햄 링컨-

나는 이 글을 읽는 우리 모두가 행복한 간호사가 되길 진심으로 응원한다.

아버지의 딸

• 송선주

순천향대학교 서울병원

띠링띠리~~~~

이른 새벽 갑작스런 핸드폰소리에 눈이 번쩍 뜨였다.

"안녕하세요? 송** 보호자분이시죠? 환자가 안 좋아서요…. 지금 오셔야 할 것 같아요."

"아~예, 지금 갈게요…!"

어떻게 병원에 갔는지 기억도 나지 않는다. 아버지의 가쁜 숨소리와 힘든 모습을 간호사로서 볼 수도 없었고 그저 딸로서, 자식으로서 어떻게 해야 하지? 어떻게 해야 해? 하며 계속 "아빠, 아빠…." 부르기만을 반복했다.

코로나 상황 속에 힘들게 버티고 투병생활을 하시던 아버지는 그렇게 우리 가족 곁을, 내 곁을 떠나셨다.

시간은 참 빠르다. 벌써 1년이 흘러 난 오늘 아버지께 간다. 가까이 계실 때도 자주 찾아가 보지 못했지만 오늘은 꼭 기다리고만 계실 것 같아 아침부터 마음이 바쁘다. 가면 눈물이 주룩주룩 흘러내린다.

"아빠~~"

"응~ 우리 딸 왔니. 밥 먹었니? 밥 먹어라… 오늘 환자 많았니?"

"아빠. 오늘은 좀 어때요? 괜찮아요? 식사 좀 해야 하는데… 입맛 없어도 일부러 드셔야 해요…."

병원에서 퇴근한 나를 보고 반겨 주시는 아버지 얼굴, 목소리가 그립다. 병원에 다니는 큰딸을 사람들에게 인사시키고 길 가다가도 우리 딸이 간호사라고 자랑하시던 아버지의 모습이 눈에 선하다.

새벽 출근길에 오토바이를 보고 아버지께서 타고 다니시던 모습이 생각나서 나도 모르게 쓰고 있는 마스크가 축축할 정도로 꺼이꺼이 울었다.

지금 나에게 아버지란 이 세상에서 부를 수 없는 존재이지만 이 세상에 나를 있게 한 사람임에는 틀림없다.

아버지의 장례식에는 코로나 상황 속에서도 병원 지인, 친구들이 와서 나를 위로해주었다. 아버지의 영정사진을 보며 하염없이 눈물을 흘리면서 그들을 맞이했다. 아버지께 속으로 말한다.

"아빠… 아빠 큰딸, 잘 컸어요, 병원에서 너무 힘들 때도 많았는데, 이렇게 아버지께서 잘 키워 주셔서 아버지 가시는 길에 아버지께 보여 드려서 좋아요…. 아빠 나 승진했는데 아시죠? 항상 아버지 딸로서 열심히 살게요. 아버지 고맙습니다."

차 뒤로 보이는 아버지께서 계시는 추모공원에서 눈을 뗄 수가 없다.

사람들은 살아가면서 죽음을 인식하지 못하고 그저 힘들게 하루를 살아간다. 나 또한 병원에서 응급상황 속에 죽음을 넘나드는 환자들을 보면서도 나와는 별개로 생각하고 근무를 한다. 아버지의 부재로 나는 조금 성장한 느낌이다. 처음에는 이 세상 인생무상이다, 다 소용없고 허무하다는 생각만 머릿속에 가득했다. 내가 가지고 있는 것들이 다 하찮고 의미 없게 느껴졌다. 하지만 차차 무슨 일이든지 자만하지 말고 사람들의 마음을 헤아려야 한다는 것도 머리가 아닌 마음으로 조금은 알게 됐다. 나이 50살에 성장이 어색할 수도 있지만, 아니 자연스럽게 나이 듦에 따라 트인 시각일 수도 있지만 아버지를 통해서 이 세상을 다르게 보려 한다. 한국 속담에 "호랑이는 죽어서 가죽을 남기고 사람은 죽어서 이름을 남긴다"는 말이 있다. 아버지의 이름을 받아 남기고 싶다. 아버지를 통해서 아버지께 받은 사랑, 용기를 이 세상에 작은 사랑, 희생, 나눔으로 표현하고 살고 싶은 마음이 든다. 아버지께서는 70 평생을 남편으로서 아내에게 따뜻한 말 한마디를 건네거나 고생한다고 손 한번 잡아주신 적도 없는, 자식에게도 사랑한다고 표현하지 못하는 전형적인 우리 세대 아버지셨지만, 자신이 가족들에게 표현하지 못한 마음을 대신해 간호사 딸을 키움으로써 이 세상에 보이지 않는 사랑을 주고 가셨다는 생각을 하게 된다.

사람은 힘듦을 견디면 성장한다고 한다. 나 또한 순간순간 보고픔, 그리움을 견디다 보면 아버지의 사랑을 내 주위 사람들에게 표현하며 살아갈 수 있으리라. 지금은 보고프고 불러보고 싶은 마음을 누구에게도 창피하다고 생각 말고 숨기지 않고 울고 싶을 때 울고, 보고 싶을 때 부르면서 아버지를 오래 기억하고 싶다. 내 가슴이 슬픔보다는 사랑으로 가득 찰 날을 기대해 본다.

PART 3_ 건강한 행복의 시작을 위해

행복의 선택

● 한경아
서울아산병원

"이럴 줄 알았으면 수술 안 받을 걸 그랬어."

오늘도 볼멘 목소리가 들려왔다. 그럴 때마다 나는 "건강하시려고 수술받으셨잖아요. 조금만 더 힘내세요. 며칠만 지나면 오늘보다 훨씬 더 나아질 거예요."라며 애써 환자들을 다독인다. 외과 병동에서 일한 지 6년이 넘은 지금, 힘든 수술 후 환자들의 한탄 섞인 말들을 들으면 그들의 말보다 마음이 들린다. '평소보다 조금 컨디션이 안 좋았는데, 암이라니. 의사가 죽을 수도 있다고 해서 수술받았다지만 너무 억울해.', '아들딸한테 간을 받았는데 이렇게라도 사는 것이 맞는 건가.' 유독 의욕 없이 병실에 누워만 있는 환자들과 이야기해보면 그들 내면에 저마다 복잡한 감정이 뒤섞여 있음을 알 수 있다. 하지만 응급실에서 병동으로 이동하고 얼마 안 되었을 때는 환자들의 투정 아닌 투정을 이해하기 어려웠다. 응급실은 삶과 죽음의 경계선에 들어선 사람들이 밤낮 구분 없이 가득했으며, 그들에게 선택의 여지는 거의 없었다. 심장이 뛰지 않아서 심폐소생술을 받거나, 스스로 숨을 쉴 수 없어서 기계 환기를 해야 하는 상황이 대부분이었다. 그래서였을까, 응급실 간호사로 일하면서 환자들의 조그마한 틈도 보지 않으려 노력해왔다. 응급실에서의 경험은 누구에게나 낯설고 두렵기 마련인데 '환자들이 살기 위해서 당연히 해야 할 선택이니까'라고 생각하며 그들의 불안한 눈동자를 애써 외면해왔다. 그러나 간이식외과 간호사로 일하면서 입원부터 퇴원까지의 기나긴 여정 동안, 환자들이 수많은 선택을 하고 그로 인해 달라질 행복에 대해 고민하는 모습을 지켜보게 되었다.

수술은 한 사람의 일생에 있어 큰 에피소드라고 할 수 있다. 수술 후 달라진 신체 변화에 그 선택을 후회하는 사람도 있고, 전신마취 후유증으로 의식이 변해 몇 년이 지나도록 가족도 알아보지 못하는 사람도 있다. 그렇지 않더라도 수술만 받으면 끝날 줄 알았는데 평생 약을 복용해야 하는 상황에 실망감을 느끼는 사람도 많다. "저랑 같은 수술을 받은 사람들은 언제쯤 회복이 되나요?"라는 질문을 받으면 내심 당황스럽다. 회복은 생사의 고비를 넘긴 사람에게는 삶을 되찾는 것이며, 암 환자에게는 완치판정이 된다. 사람마다 어느 정도를 '회복'이라고 정의하는지 다르기 때문에 "사람마다 다 달라요. 환자분께서 마음먹기에 달려 있어요."처럼 누구나 김빠지는 대답을 할 수밖에 없다.

최근 의학 기술의 발달로 환자들은 질병의 경과와 예후에 따라 다양한 치료법을 선택할 수 있게 되었다. 선택과 책임은 환자의 몫이지만 의학 지식이 부족한 일반인에게 무작정 치료 방법을 정하라는 것은 절벽 아래로 등 떠미는 것과 똑같다. 간호사의 역할은 절벽 사이에 징검다리를 놓아 환자들이 안전하게 절벽을 넘어가도록 도와주는 것이다. 나는 담당 간호사로서 환자들이 어떤 선택을 결정하기 어려워하는 경우 내 가족처럼 생각해서 함께 고민을 나누고 두려움을 덜어주려 노력하고 있다.

그중에서도 오랜 기간 함께한 만큼 특별히 기억나는 환자와 보호자가 있다.

4번째 간이식을 기다리는 환자였다. 중학교 전까지는 누구보다 밝고 활발한 아이였는데, 중학교에 입학한 이후 잦은 피로감과 식욕저하로 찾아간 병원에서 '원발성 경화성 담관염'을 진단받았다고 한다. 원발성 경화성 담관염Primary Sclerosing Cholangitis은 염증성 질환으로 만성적인 염증이 진행되면서 담관의 울혈을 초래해 간 기능이 저하되는 질환으로, 간이식 수술만이 유일한 치료법으로 알려져 있다. 병의 진행을 늦추기 위해 노력했지만 그분은 결국 아버지, 어머니를 거쳐 한 살 터울 여동생에게 간을 받았다. 그마저도 일 년 만에 재발하여 최후의 수단으로 뇌사자 간이식을 기다리고 있었다. 오래 기다려왔던 퇴원을 하고 며칠 만에 고열로 다시 응급실을 통해 입원을 반복하는 안타까운 상황에서도 환자는 놀랍게도 무덤덤했다. 그런데 특별한 순간이 찾아왔다. 퇴원 전날 병동에 담당 간호사를 찾는 전화가 걸려왔는데 뇌사자가 배정allocation되었으니 퇴원을 미루어 달라는 것이었다. 바로 환자에게 설명하고 우리 모두 뇌사자의 장기 적출harvest을 기다렸다. 실제로 뇌사자의 간 상태가 좋지 않으면 이식이 취소될 수 있기 때문에 적출팀에게 연락을 받기 전까지 무작정 기다리는 수밖에 없었다. 다행히 뇌사자의 간 상태가 양호하다는 연락을 받았고 환자가 동의하면 바로 수술이 진행될 터였다. 교수님이 직접 환자에게 찾아가 4번째 수술인 만큼 성공하기 쉽지 않고, 그 확률조차 50%라고 설명했다. 50%의 확률은 절대적으로 높은 수치는 아니지만 환자의 예후를 고려했을 때 이번 기회에 수술받는 게 바람직하다고 말씀하셨다.

선택의 시간으로 1시간이 주어졌다. 장기 이식 수술은 '허혈 시간 ischemic time'이 매우 중요하다. 허혈 시간은 적출된 장기가 혈액 공급을 받지 않은 시간을 말하는데 말 그대로 촌각을 다투는 골든 타임이 된다. 약속한 1시간이 지나자 여기저기서 전화가 빗발쳤다. "그분 수술받으신대요?" 나는 머뭇거리며 아직 결정하지 못했다고 전했다. 전날 밤 수술 가능성에 대해 들었지만 반나절 만에 큰 결정을 내리기 어려운 것은 당연했다. 하지만 병원 측에서 빨리 포기 의사를 밝혀야 다음 순위의 환자가 이식받을 수 있다고 생각하니 환자가 쉽게 결정하지 못하는 상황이 이해되면서도 한편으로는 조바심이 났다. 이 순간에도 시간은 흘러가고 있었다.

"결정하셨나요?" 나는 눈가가 빨개진 채로 하릴없이 복도를 오고 가는 보호자에게 다가가 조심스럽게 물었다. 환자의 어머니는 눈물을 훔치며 말했다. "내 마음은 아이가 수술을 받았으면 하는데 본인의 의사가 더 중요하잖아요. 어떻게 하면 좋을까요?" 그 말을 들으니 나 또한 목이 메었다. 만약 충분한 시간이 주어졌다면 마음의 준비라도 했을 텐데. 어머니의 눈이 그렇게 말하고 있었다. 내가 어떤 말을 전하면 좋을까 한참 고민한 끝에 입을 떼었다. "이번이 마지막 기회라고 생각하지 마세요. 기다리면 다시 한번 뇌사자가 배정될 기회가 올 거예요. 사람은 마지막이라고 하면 더 촉박하게 느껴지고, 그러다 보면 잘못된 선택을 하게 되니까요. 오롯이 환자의 행복만 생각하세요." 어머니는 내 손을 잡으며 그렇게 말해줘서 고맙다고 말했다. 결국 환자는 이번에 수술을 받지 않기로 결정했다. "지금은 너무 힘들어요. 집에 가고 싶어요." 간절한 말과 달리 여느 때처럼 덤덤한 표정이었다.

부끄럽지만 나에게는 건강과 행복이 동일 선상에 있다고 여겼던 적이 있다. 건강이 나쁘면 행복과 거리가 멀어지고, 건강을 되찾으면 다시 행복에 가까워진다고 생각했다. 하지만 건강과 행복은 비례 관계가 아니다. 몸이 아프더라도 행복할 수 있으며 반대로 신체는 건강해도 불행하다고 느낄 수 있다. 그분들을 통해 행복은 어떤 선택을 한다고 단박에 얻어지는 것이 아니라, 인생에서 스쳐 지나가는 수많은 선택지 중 하나임을 알게 되었다. 간호사로 일하면서 의학적인 이유를 대며 환자에게 선택을 강요하지 않았는지 되돌아본다. 질병의 치료보다 가족과 함께 있는 시간을 더 소중하게 생각하는 사람도 있는데 말이다.

우리는 매일 크고 작은 다양한 선택을 한다. 어떠한 선택이든지 후회가 따라오기 마련이다. 비가 온다는 일기예보를 듣고 우산을 챙겼는데 날씨가 맑다든지, 유통기한이 고작 며칠 지났다고 별 탈이 있을까 싶어 마신 우유 때문에 화장실을 들락날락하든지 말이다. 우리에게 미래를 관통하는 예지력이 없으니 후회를 최소화하기 위해서 그 당시로는 최선의 선택을 할 수밖에 없다. 하지만 어떤 선택을 해서 행복해지리라 믿기보다는, 행복을 선택하는 자세를 가지면 어떨까? 잘못된 선택을 하고 그에 따른 책임을 지더라도 나에게 그런 기회가 주어졌음에 감사하고, 이번 교훈을 통해 다음에 똑같은 상황이 온다면 다른 선택을 할 수 있음에 감사하는 마음을 갖자. 우리는 의식적으로 행복해진다는 생각을 하지 않으면 인생이 흘러가는 대로 끌려다닐 수밖에 없다. 매일 능동적으로 살기 위해서는 끌려다니는 삶이 아닌 행복해질 권리를 믿고 앞으로 나아가야 한다. 이 땅의 모든 간호사가 그러하듯 나 또한 유니폼을 입기 전에 거울을 보며 항상 다짐한다. 환자의 행복은 곧 나의 행복이며, 그들 곁에 누구보다 오랫동안 머무는 간호사가 될 것이라고.

나는 간호사이자, 보건교사!

• 김미숙

예일여자중학교

최근 '행복 Happiness', 간호사들의 행복이야기를 담을 수기 원고 제의를 받았다. '행복', 혹은 'Happiness'의 뜻은 사전에 '생활에서 충분한 만족과 기쁨을 느끼어 흐뭇함. 또는 그러한 상태'라고 표기되어 있다. 나의 삶은 어떠했을까. 이 수기를 통해 나의 간호사이자 보건교사 여정을 돌아보려 한다.

나는 학교 내 유일한 간호사이자 교사다. 내 어릴 적 꿈은 교사였다. 책을 읽고 글쓰기를 좋아했던 나는 국어 교사가 되기를 꿈꾸었다. 꿈꾸던 대로 국어교사가 되지는 못했지만, 보건교사가 되었다. 교사가 되기까지 여정은 쉽지 않았다. 우여곡절 끝에 "사람을 연구하는 간호학에 점점 매력을 느끼게 된다."는 친구의 이야기, "그래도 실용학문을 공부하는 것이 좋지 않겠느냐."는 어머니의 말씀대로 간호학을 공부하게 되었다. 전공을 선택할 때는 '내가 잘해 낼 수 있을까, 내가 선택한 길이 내가 원하던 길인가' 고민하기도 했다. 졸업할 즈음에는 '나의 약한 체력으로 병원에서 근무할 수 있을까. 주말마다 하던 대학생 대상 봉사활동은 할 수 있을까.' 걱정이 앞섰다. 그래서 나는 주말이 함께 있는 봉사의 삶을 살고 싶다고 소망하고 있었다.

소망대로 초등학교 보건교사가 되어 20년 넘게 8세부터 13세까지의 어린이들이 사춘기 소년, 소녀가 되어가는 과정을 지켜보면서 참 행복한 일들이 많았다. 병아리 날개를 고쳐 달라고 왔던 아이, 다리를 다쳐 날지 못하는 참새를 고쳐 달라고 왔던 아이…. 이들은 지금도 기억이 난다. 졸업 후에도 중고등학교에 입학한 어느 날, 시험이 끝난 어느 날 불쑥 불쑥 나타나 기쁨을 주기도 했으며, 꿈을 이루어가는 제자들도 있었고, 힘들어서 찾아오는 제자들도 있었다. 광화문에서 만난 1학년 어린이가 낯선 곳 그 많은 사람들 속에서 나를 알아보고 뛸 듯이 기뻐하여 어머니께서 "누구신데 이렇게 좋아하느냐?"고 묻던 순간도 있다. 보건교사임을 알고, 놀라시던 기억 또한 잊히지 않는다. 물론 안타까운 일들도 있었다. 원하던 학교의 입시에 실패해 불안해하던 아이, 어린 나이에 부모님을 잃어 슬퍼하던 아이. 이렇게 나의 첫 학교에서의 생활은 순수하고 어린 친구들과의 만남이었다.

초등학교에서 근무하는 동안 아이들과 수업하면서 2009개정 교육과정 보건교과서를 집필하여 보건교육을 하는 행운을 누렸다. 학생들과 수업하면서 그들의 건강생활습관이 길러지는 걸 보고 보람을 느꼈다.

14~16세 인생의 이벤트를 경험하고 있는 중학생들과 어느 해 봄부터 5년 넘게 지내고 있다. 중학생들을 만나 그들을 이해할 즈음, '2015 개정 중학교 보건교과서' 집필 제의를 받고 그들을 건강한 삶으로 인도하는 교육 콘텐츠를 제작하는 기쁨을 누렸다. 그렇게 개발한 교과서를 가지고 중학교 1학년 학생들을 지도하면서 지내던 중, 중학교 3학년 학생이 보건실에 방문했다. "선생님, 3학년은 언제 성교육 하나요? 1학년 때 성교육을 받았는데, 지금 궁금한 게 많아졌단 말이에요. 왜 성교육을 해주시지 않으세요?" 라고 볼멘소리를 한다. 그들의 말처럼 몸과 마음은 자라는데 어떻게 그들을 도울 수 있을까 고민했다. 그동안 정리해 놓았던 글들, 수업하면서 느꼈던 생각, 학생들과의 에피소드 등을 엮어서『십대들의 성교육』을 출간했다.

이 책은 사춘기 청소년들의 발달단계, 사춘기 뇌의 특성, 중2병의 특성 분석을 통해 사춘기 청소년의 특성을 먼저 이해하는 데서 출발한다. 사춘기 시그널, 성교육 실제 사례, 일상에서 삶을 유익하게 할 수 있는 건강생활기술을 다루고 있다.

『십대들의 성교육』 집필 후, 예쁘장한 학생들이 담배를 피우다가,

혹은 술을 마시다가 발견되어 상담하고 그들의 부모님을 만난 적이 있다. 밤새 게임이나 스마트폰에 빠져 수면부족으로 두통을 호소하며 힘들어하는 학생들을 보면서 예방만큼 중요한 것은 없다는 생각에 중독에 빠진 아이들의 마음 처방전『십대들의 중독』을 출간했다.

이 책은 중독이 일어나는 이유, 십대가 중독에 취약한 이유, 십대들의 뇌, 십대들에게서 나타나는 중독의 문제 그리고 중독에서 벗어나기 위한 실천적 지침에 대해 다루고 있다. 이렇게 집필한 두 권의 책은 보건수업 시간에 학생들의 독서 자료로 활용되고, 도서관에 비치되어 청소년과 교사, 학부모들에게 읽혀지고 있으니 이 또한 감사한 일이다.

중학생들과의 생활이 익숙해져 갈 무렵, 워크숍에서 만난 한 초등학교 선생님은 "중학생과 고등학생들은 2015 개정 교과서로 수업을 하고 있는데, 초등학생은 10년 넘게 개정되지 않아 시대에 맞지 않는 교과서로 수업하는데 언제 개정되느냐."고 물었다. 순간 너무나 안타까운 생각이 들어 초등학교 교과서도 개정되도록 도움을 주겠다는 약속을 해버리고 말았다. 다행히도 최근에 2015 개정교육과정 초등학교 보건교과서가 심의를 통과했다. 후배 선생님과의 약속을 지킬 수 있음에 감사하다. 국가수준의 교육과정이 있고, 교과서를 가지고 수업하는 것은 매우 중요한 일이다. 이렇게 제작된 교과서가 학생들을 미래의 건강리더로 키우는 데 활용되고 있으니 이 또한 기쁜 일이다.

최근 3년여 기간 동안 코로나19를 경험하면서 사춘기의 강을 건너는 청소년들 사이에 스마트폰/인터넷 중독 예방 교육이 무색하다는 것을 느낀다. 그들에게서 떼어낼 수 없는 친구가 되어버린 컴퓨터, 태블릿 PC, 아이패드, 스마트폰 등은 필수품이나 다름없다. 그로 인해 게임이나 인터넷 중독의 문제도 드러나고 있다. 비대면 수업과 코로나19 이후, 학생들의 마음 건강에 빨간불이 켜지고 있다. 비대면 교육의 문제로 생길 수 있는 대인관계기술의 부족, 특히 코로나19에 확진되었던 학생들은 마음의 문제가 뒤따라올 경우 사회성의 발달저해를 불러올 것이다. 코로나19로부터 잃어버린 신체와 마음건강의 문제는 어떻게 해결할 것인가. 이러한 마음건강을 회복하기 위한 노력이 필요하지 않을까 생각하게 되었다. 고민 끝에 『십대들의 마음건강(가제)』이라는 책의 원고를 작성해서 지금 출간 준비 중에 있다.

그리고 『십대들의 성교육』에서 미처 다루지 못했던 성인지 감수성 함양을 위한 성교육자료를 구성해서 여러 선생님들과 함께 자료를 개발했다. 개발한 교육 자료를 활용하여 학생들과 그들을 지도하시는 선생님들께 수업과 강의를 하게 될 것이다.

나의 삶은 이렇듯 교육 자료를 개발하고 수업과 연수를 하고 이후에 수업의 결과를 나눔으로 더 풍성해지는 삶을 이어가고 있다. 하나의 개발 자료가 나올 때마다 마음 깊은 곳에서 기쁨이 넘쳐난다.

나는 나에 대해 '학생 건강코디네이터'라고 설명하곤 한다.

'코디네이터'란 어떤 일을 함에 있어 전체적으로 조화롭게 갖추어 꿰는 일을 전문적으로 하는 사람을 말한다. 병원코디네이터는 병원 경영의 기획, 관리, 개선 업무를 전담하는 의료서비스를 말한다. 보건교사는 응급처치·감염병예방 등의 의료 행위를 하는 업무와 보건교육을 하는 교사의 업무 등을 함께 수행하는 건강코디네이터다. 학생들에게 신체적·정신적으로 건강한 성장을 돕는 가장 효율적인 방법이 바로 보건교육이다. 이 일의 중심에도 내가 있다. 교사로서, 학생건강코디네이터로서의 역할, 예술가들이 그 작품에 대해 깊은 애정을 쏟듯이 학생에 대한 깊은 애정의 중심에 있다.

나는 생각한다. 학생들의 중심에 있고 그들을 키우는 삶 중심에 있는 것이 나 또한 기쁨인 것을. 그리고 그들을 위한 교과서를 집필하고 교육할 수 있는 특권을 누리며 학생들의 건강 코디네이터로 살아갈 수 있는 것이 내 인생의 '행복 Happiness'이라고.

행복한 간호사가
당신에게 해 줄 수 있는 일

• 김송이

서울특별시 서남병원

'행복'은 간호사에게 어울리는 수식어일까? 글을 쓰던 화면에서 시선을 올렸다. 눈을 꽤 여러 번 깜빡이며 곰곰이 생각했다. 눈동자가 좌우 왕복을 몇 번 했는데도, 이렇다 할 어느 한 순간이 떠오르지 않아서 이래도 되나 하는 생각이 들었다. 하지만 뭐 대한민국에 행복하게 직장을 다니는 사람이 몇이나 있을까… 별일 없이 칼퇴를 했을 때 집으로 가는 발걸음이 신이 나고, 월급 명세서가 나왔을 때야 비로소 이번 달 나의 고생이 보상받는다는 생각을 하고, 원티드 오프가 온전히 반영된 근무표를 받게 되면 다음 달도 일할 의미가 생긴 듯이 기뻐하게 된다. 또 어쩌다 동기와 겹치는 장기 오프를 받게 되면 부랴부랴 여행을 계획하고 출발 전까지 제발 병동이 무탈해서 근무표가 변경되지 않길 마음 졸이며 행복해한다. 간호사로 살고 있는 한 대부분 공감할 일들이다. 하지만 7년 차 간호사인 나는 간호사의 행복이 이렇게 업무 외에서 벌어지는 일들로 인해 수동적으로 만 일어나야만 하는 것인가를 다시 생각해보려고 한다.

현생을 사는 나는 이미 너무 세속적으로 변해버린 게 아닌가 싶으 니, 성인聖人의 반열에 오른 나이팅게일을 생각해보자. 오늘날 플로 렌스 나이팅게일은 간호의 상징 그 자체인데, 그녀의 업적에 대해서 제대로 아는 사람은 얼마나 될까. 부자로서 호화롭게 살 수 있는 안 락함을 포기한 채 가난한 사람들을 도왔고, 전쟁터에도 지원했으며, 간호 현장에 위생이란 개념을 자리 잡히게 했다. 그리고 간호로 도 출된 데이터에 로즈다이어그램이라는 시각화 자료를 도입하여 본인 의 간호를 널리 알렸다. 단순히 희생과 봉사로만 나이팅게일의 공 로를 표현하는 것은 그녀를 너무 평가 절하하는 일이라고 생각한다. 어쨌든 나이팅게일은, 그런 일들을 하는 생애 동안 어떤 순간에 행 복감을 느꼈을까? 가난하고 아픈 사람들에게 빵을 나눠주던 순간이 나 전쟁터에서 간호를 행하던 시간이 행복감에 벅차오르는 순간은 아니었을 거라 생각한다. 그러한 시간들을 지나 본인이 원하던 대로 위생이 간호에 중요한 관념으로 자리 잡히게 되었고, 그로 인해 환 자의 사망률이 효과적으로 감소하는 성과를 이루었을 때가 소위 요 즘 표현대로 찐행복이었을 것이다.

그렇다면 2022년도의 대한민국 간호사는 어디서 행복을 느껴야 할까. 솔직히 나는 더 이상 간호사를 비롯한 의료인들에게 희생과 사랑, 봉사 정신을 강요하며 속물적인 대가를 요구할 수 없는 분위기를 조성해서는 안 된다고 생각한다. 간호사는 수많은 직업 중 한 종류이며 타 직종에 비해 윤리의식과 공감 능력, 상황 판단력이 부가적으로 더 요구될 뿐이다. 간호사는 본인이 맡은 업무를 실수 없이 해내며 환자의 생명과 안전을 지켜야 하는 존재이고 응당 그만한 자격과 역량을 갖춘 사람이 되어야 한다. 그러므로 나를 비롯한 모든 간호사들은 환자에게 최선을 다하며 우리의 직업에 부끄럽지 않은 간호를 수행할 것이다. 하지만 직업의 성격 때문일까, 간호사는 우리가 일반 회사원이라 총칭하는 타 직종들이 요구받는 수준보다 조금 더 힘을 내야 하는 존재로 인식된다. 정해진 근무 시간보다 더 일찍 출근해서 늦게 퇴근해야 하고, 바쁠 때면 밥도 물도 화장실도 참는 것이 때로는 당연한 간호사들. 하지만 간호사들은 철인이 아니며 업무가 끝나면 간호사가 아닌 그냥 한 사람인 나로서 돌아가야 할 집이 있다. 이것은 너무나 당연한 사실이지만, 남들뿐 아니라 우리 스스로도 쉽게 잊고 있다.

우리 가족은 엄마, 아빠, 나, 여동생인데 동생도 다른 병원에서 간호사로 일하고 있다. 작년에 동생이 드디어 발령을 받아 간호사 일을 시작했을 때, 엄마 아빠는 두 딸이 모두 간호사가 되어 스스로 밥벌이를 하고 산다며 매우 뿌듯해하셨고 드디어 평생소원이었던 귀촌을 하기 위해 조금 이른 은퇴를 하셨다. 내가 아빠의 은퇴와 새로운 시작을 축하하기 위해 꽃다발과 케이크, 감사패를 준비하는 시간 동안, 입사 한 달 차이인 동생은 정신없는 병원 생활을 하고 있었다. 각자 다른 3교대 근무 패턴으로 시간이 맞지 않아 겨우 둘 다 이브닝 근무를 마치고 부모님 집으로 가기로 했다. 그런데 병원에서 나온 동생은 마스크가 젖도록 울었다. 퇴근 직전까지 일이 많아 바빴고, 힘들었고, 혼났다고 했다. 집에 가서도 막내딸의 숨겨지지 않는 그늘에 부모님은 계속 병원 일을 물었고, 결국 동생은 꺽꺽 울며 서러움을 토로했다. 즐겁게 시작했던 파티가 침울하게 끝났다. 35년간 열심히 일해 온 부모님의 은퇴식은 이제 새롭게 시작하는 어린 간호사와의 역할 교체였다.

눈물을 쏟아낸 동생을 놓고 생각해보면… 이미 지나온 날들이지만, 나도 간호사로 일해 온 날들 중에, 분명 어떠한 순간에는 병원이 너무 힘들고 나를 지치게 만들었기 때문에 병원과 나를 분리시키기 위한 의식적인 노력을 했다. 퇴근 후에는 병원 생각을 지우고, 병원 외의 사람을 만나고, 다른 취미를 가져보는 등의 시도였다. 병원을 떠나고 싶다는 생각은 없었지만 병원에서의 기분이 병원 밖으로 옮아오고, 나의 인생이 간호사로만 정의된다는 생각이 들었기 때문이다. 하지만 그런 노력들은 별 소용이 없었다. 메디컬 드라마를 잠깐 보거나, 누군가가 어디가 아프다는 말을 듣게 되어도 나는 간호사의 시선으로 보고 느끼고 말하고 있었다. 그리고 새로 사귄 사람들에게마저 간호사에 대해 설명하고 나의 생활을 이해시키려고 하고 있었다. 그런 내 자신을 느끼고 나서는 간호사의 삶을 그대로 받아들이기로 했다. 하지만 이것은 내 스스로가 병원에 절여진 사람이 되겠다는 자포자기의 의미는 아니다. 더 건강한 신체와 정신으로 멋진 간호사가 되고 싶다는 선언이었다. 나는 병원을 언젠간 탈출해야 할 곳이라고 생각하고 싶지 않았다. 내 직업과 직장을 사랑하는 만큼 먼저 이곳에서 내가 할 수 있는 가장 최선을 하기로 했다.

사실 이런 마음의 변화를 거쳐 결심을 내리는 데에는 간호사들의 근무 환경이 좋아지게 된 것도 한몫했다. 간호사라면 모두 너무한다고 하는 N-off-D, E-D 근무가 사라졌고, 이를 위해 간호등급을 1등급으로 올리며 인력도 보충하게 됐다. 정신없이 우당탕탕 급한 일들을 쳐내며 보내던 하루는 맡은 바에 최선을 다하면 업무를 온전히 끝내고 퇴근할 수 있는 시간이 됐다. 한도 끝도 모르게 차오르던 업무가 내 노력 여하에 따라 감당할 수 있는 일이 되자, 나는 나를 발전시키겠다는 생각을 하게 됐고, 더 괜찮은 간호사가 되고 싶었다. 업무를 실수 없게 하기 위해 업무 지침을 매일 매일 열어보고, 다음 근무자를 힘들게 하지 않기 위해 내가 빠뜨린 것이 없는지 확인하고 또 확인했다. 신규기간이 지난 후에는 더 이상 누군가가 나를 공부시키지 않았지만, 새롭게 느끼는 부족함을 메우기 위해 혼자 공부했고, 같은 열정을 가진 동료 간호사들과 함께 나눴다. 또 여유가 생긴 동료 간호사들과는 굳이 직장 사람이라는 선을 긋지 않고 병원 밖의 다양한 일들을 함께했다. 우리는 3교대 근무를 하기에 누구보다도 서로를 이해할 수 있으며, 또 가장 가까울 수 있는 존재였다. 업무에 지쳐 필요 이상으로 날 섰던 예전보다, 더 동료라는 의미에 가까워져 간다고 느꼈다.

행복이란 게 뭘까. 단편적으로 일을 이전보다 적게 하게 돼서 행복해진 것은 아니다. 아마도 그냥 빈둥빈둥하고 싶었던 사람들은 간호사를 선택하지 않았을 것이다. 적당하고 적절한 업무가 주어지고, 그 업무를 성취하기 위해 노력하는 내 모습이 나를 더 행복할 수 있게 만들어줬다. 그 일을 해내는 나는 멋있고, 동료 간호사들에게 도움이 되고, 환자들의 안위에 기여할 수 있는 사람이니까. 훌륭할 수 있는 간호사들이 여러 가지 문제로 병원을 떠나가는 모습을 많이 봐왔다. 나는 지금보다 더 많은 간호사들이 정년까지 근무하며 자신의 직업 속에서 행복하길 바라고 있다. 그러기 위해선 간호사들을 위한 변화가 필요하겠지.

행복한 간호사가 이상한 표현이 되어버린 세상에서, 우리는 모두 행복해져야 한다. 내가 느끼는 행복이 나를 넘어서 내 가족과 내 동료와 내 환자들에게도 닿는다는 걸 보여주기 위해서.

동기와의 여행-2018년도 태국 크라비_김송이(서울특별시 서남병원)

아빠의 은퇴 축하파티_김송이(서울특별시 서남병원)

서울시 간호사 회원의
행복이야기

간호사,
행복 더하기···

너와 나 그리고
모두의 건강을 위해

아름답고도 따뜻한 우리들의 블루스

• 최현주

강남세브란스병원

의료인 하면 봉사, 인류애, 희생… 이런 막연한 생각을 가져온 나에게, 간호사란 평범하지만은 않은 또 다른 세상을 바라보는 프리즘이었습니다.

생존을 위해 힘겹게 사투하는, 또는 삶을 정리하는 이들을 보면서 소소하고 소박한 내 일상이 얼마나 귀한 것인지를 알게 되었습니다. 내 힘으로 누군가의 아픔을 어루만지며 일한다는 것이 어찌 보면 하늘이 준 축복이라고 여겨지기도 했습니다.

물론 사랑만으로는 다루기 힘든 어려운 환자들을 대할 때는 힘있게 짊어진 어깨가 한없이 처지고, 때로는 의사나 동료, 후배에게서도 상처를 받는 순간도 있습니다. 그럼에도 30년 가까이 간호사의 인생을 살아오면서 수많은 경험을 통해 환자, 가족, 의사 그리고 동료들의 이야기와 삶을, 그들의 어려움을, 모두 알 수는 없지만 그 입장이 되어 보려고, 다가가려고 노력해 보았습니다.

결코 쉽지 않았지만 그들의 말을 들어주고 공감해주는 것이 어쩌면 간호사로서 아니, 선배 간호사로서의 사명이 아닐까 싶습니다.

보통 사람들은 평생 살면서 한 번 겪을까 말까 한 일들을 경험하게 되는 우리 후배들 얼굴에 고단함은 있을지언정 미소는 잃지 않도록 그들의 손을 잡아 주려 합니다.

물론 상황이 이렇다 보니 이직을 생각하거나 결국 실행에 옮기는 후배들도 있습니다. 내적 갈등의 흔적을 일기장에 옮기면서 괴롭고 힘든 마음을 표출하는 나의 후배들….

하루의 절반 이상을 함께 지내는 이 공간에서 나의 후배들이 해피하게 지내길 너무나도 바랍니다.

소위 '태움'이라는 상황에 상처받는 후배 간호사들이 있었기에 사소한 실수를 하거나 긴장이 조금만 풀려도 생사가 오갈 수 있는 위험한 상황에서 과연 태움만이 해결 방안일까? 하고 스스로에게 물어보기도 하였습니다.

물론 과거의 나에게도 태움이 있었고 그 태움을 당하기도 했습니다.

그러나 태움만을 행하는 선배가 있는 반면에 충고와 격려로 감싸주는 선배도 있었고, 그 덕분에 지금 나의 간호사 생활의 근본이 되는 기억의 밑바탕에는 그들의 애정이 존재합니다. 또 '불행한 간호사는 되지 말자'는 마음가짐이 가득합니다.

힘든 직업이기에 서로 존중하고 충분히 배우게 하여 임상에 나갈 수 있는 환경을 만드는 데 오늘도 일조하고 싶습니다.

나의 후배 동료들이 '나는 잘할 수 있다'는 마음가짐으로 일하고 또한 병원 안 간호사로서의 나와, 퇴근 후 한 사람으로서의 나를 분리하길 바랍니다. 병원 문을 나서는 순간부터는 본인이 좋아하는 취미를 즐기고 본인이 좋아하는 음식을 먹는 주체적인 '나'가 되어 힘든 순간순간을 이겨나가기를 원합니다.

행복한 간호사들이 간호해야 환자들도 행복한 에너지를 받고 더 좋은 치료가 가능하다는 생각입니다.

나의 행동이 간호사를 장래 희망으로 삼는 학생들에게 생생한 현장의 모습으로 남아 그들의 직업 선택에 참고가 되지 않을까 조심히 바라봅니다.

미흡하지만 저의 견해입니다.

소박하지만 저에게는 그리기와 글쓰기, 캘리그라피 취미가 있습니다.

후배들 카톡 사진 중 너무나도 행복하게 웃음이 가득한 사진을 그려서 깜짝 선물을 하곤 합니다.

"우와~ 선생님 이것 진짜 주시는 거예요? 제 옷장에 항상 붙이고 있을게요! 정말 감사합니다!!!!"

힘들고 어렵기만 한 일터에서 웃음 가득한 본인의 얼굴 그림을 간호사는 즐겁게 옷장 가운데 꽂아 둡니다.

그 간호사의 웃음을 보니 더욱 큰 행복이 나의 마음에 살포시 안착하는, 손끝이 찌릿 하는 생경한 경험을 하게 됩니다. 그 무슨 행복과도 비교할 수 없는 받는 사랑입니다.

수많은 병원 속의 인연들이 모여 나를 키워 주듯 앞으로 이어지는 후배들과의 인연, 교감이 우리 서로에게 힘이 되길 또한 바라게 됩니다.

과거의 나에게 힘이 되어주던 글들을, 그림과 함께 동료, 후배에게 항상 그려줍니다. 짧은 순간 작게나마 어깨에 무거운 짐이 아닌 격려의 손길을 얹습니다. 지친 몸으로 근무를 마치는 순간에도 글과 그림, 행복한 웃음이 가득한 자신의 얼굴을 마주할 땐 얼굴에 미소가 내려앉고, 오늘 하루가 그렇게 고되지만은 않았구나… 하고 느끼기를 바라면서….

나에게 아픈 순간에도 "수고한다"는 할머니, 할아버지의 모습, 새벽에 일찍 출근하느라 고생한다며 당신들의 작은 냉장고에서 간식을 꺼내어 여기서 몰래 먹고 나가라는 보호자.

힘들게 하는 이들만 있는 것이 아님을, 또한 이 공간이 unhappy 한 곳이 아니며 항상 나에게 위로와 버팀목이 되어줄 선배님들과 동료들이 있음을 우리 후배 간호사들이 알아주기를 행복한 생각으로 기대합니다.

이 또한 나에게 큰 행복의 순간이 되지 않을까 합니다.

오늘도 나는 후배들의 얼굴 사진을 보며 이런 미소와 마음을 저버리지 말자는 다짐을 하면서 그들의 얼굴을 그립니다.

나 또한 이 사진의 미소를 짓고 그리고 있구나.

나도 많이 행복해지는구나.

고맙게도 그들이 나에게도 행복을 너무도 많이 주는구나.

서너 시간 동안 그림을 그리는 순간만은 그 후배의 모습만 생각합니다. 후배가 그림을 받았을 때 보일 놀람, 행복, 기쁨, 고마움, 이런 모습을 상상하면 늦은 밤에도 그림을 그리는 펜이 전혀 힘들지 않습니다.

한 예로, 후배에게 이런 글과 그림을 주었습니다.

'오늘 하루도 잘하고 수고했어요.

눈물도 나고 몸에 힘도 빠지는 순간도 많이 있었지만 당신은 오늘 하루 최고의 노력자입니다.

어깨에 힘을 주세요.

당신의 모습에 박수를 드립니다.'

'시작하는 존재는 늘 아프고 불안하다.

하지만 생각하면 그대는 눈부시게 아름답다.'

캘리그라피와 함께 이 글을 주었더니 10분 이상 한참을 쳐다보는 그녀의 모습에 나 또한 한참을 생각하게 되고 출퇴근 시 그 글을 함께 읽어 봅니다.

서로 공유하는 이 공간에서 우리 병동 모든 간호사들이 읽을 수 있다는 마음에 제 어깨에는 따뜻한 중압감이 만들어지기도 합니다.

힘들고 슬프고 괴롭기도 한 순간이 앞으로 더욱 많을 수 있지만, 나 포함 그들 모두가 밝은 햇살 속에서 신입 때 품었던 꿈, 초심을 잃지 않고 행복이 이루어지길.

선배 간호사로서 오늘도 온 마음으로 기도합니다.

착하고 아름다운 우리 병원, 우리 병동, 간호사들의 블루스가 오늘도 내일도 영원하길 바랍니다.

어찌 보면 오히려 나는 행복한 간호사입니다.

이런 후배들과 함께해서, 이토록 맑고 따뜻한 간호사들과 나를 믿어 주는 환자, 보호자들과 연결되어 있다는 사실에 이 순간도 감사드립니다.

착하고 아름다운 우리 모두의 블루스~

행복 찾기

• 김선주

이화여자대학교 의과대학 부속 서울병원

"선주 행복하니?"

데이 근무 중 파트장님의 말씀에 잠깐 멈칫했다.

나는 행복한가? 신규간호사 때는 일에 적응하느라 정신이 없었고, 일이 손에 익어 가며 감정 없이 일하게 되었다. 죄책감과 업무에 대한 무거움은 느껴도 행복은 느끼기 어려웠다. 때문에 '행복 수기'를 작성해 볼 생각이 있냐는 파트장님의 말씀에 처음엔 반감이 들었다. 행복해야 행복에 대한 경험을 작성할 수 있을 텐데. 하지만 아이러니하게도 이 생각은 내가 수기를 작성해야 할 이유가 되었다. 나를 돌아봐야겠다는 마음이 들었기 때문이다. 내가 바라던 간호사로서의 나는 불행하지 않았다.

내가 처음 간호사가 되고 싶다고 마음먹었을 때를 떠올려 본다.

큰 이유는 없었다. 나는 사람을 좋아하고 물질이든 마음이든 사람들과 나누는 것을 좋아한다. 간호사는 사명감과 희생정신이 강조되는 직업이다. 내가 잘할 수 있을 거라는 생각이 들었다. 행복할 것 같았다. 하지만 큰 이유가 없었기 때문일까? 아니면 사명감과 희생정신이 부족하기 때문일까? 사람을 너무 좋아하기 때문일까? 지나친 동정심과 공감 능력은 일을 하며 스트레스를 불러왔다. 3교대 특성상 인계를 하며 간호의 연속성을 이어나가야 하기 때문에 내가 하지 못한 일과 제대로 수행하지 못한 일은 결국 뒷사람에게 피해를 끼친다. 이로 인해 죄책감도 많이 느꼈다. 잘할 수 있을 것이라는 마음은 오히려 내 사기를 꺾었다. 매일 쳇바퀴처럼 굴러가는 하루와 바쁜 일과는 나를 불친절하고 불평 가득한 사람으로 만들었고, 변해가는 내 모습은 실망스러웠다. 이러한 모든 상황은 행복을 느끼기 어렵게 만들었다.

행복이란 무엇인가. 행복에 대한 질문이 내가 행복을 찾기 위해 해야 할 첫 번째 과정이다. 행복의 사전적 의미는 '생활에서 충분한 만족과 기쁨을 느끼어 흐뭇함. 또는 그러한 상태'이다. 행복은 상대적이다. 같은 경험을 해도 각자 느끼는 행복의 크기가 다를 것이다. 또한 추상적이기 때문에 행복에 대해 검색하면 굉장히 철학적이고 어려운 내용이 가득하다. 이런 사실들은 누군가 내게 행복을 물었을 때 멋지고 그럴싸하게 대답해야 할 것만 같은 마음을 안겨주었다. 행복을 어렵게 여기게 되었고 그럴수록 행복과 멀어졌다. 하지만 몇

년 전부터 '소확행'이라는 말의 유행으로 행복이 그리 멀지 않은, 일상 속에서 쉽게 접할 수 있는 것으로 자리 잡고 있다. 대단한 일이 아니더라도, 사소한 경험이라도 행복이라고 당당히 말할 수 있는 그런 순간을 돌아보게 되었다.

간호사는 굉장히 바쁜 직업이다. 환자의 밥을 챙기면서 본인은 물한 잔 마시기 어렵고, 환자의 소변량을 측정하며 정작 자신은 화장실 한 번 가지 못한다. 백의의 천사라고 알려졌지만 사실은 전사에 더 가까우며, 이제는 이 사실을 많은 사람들이 알고 있기도 하다. 나의 노고를 인정해주는 환자와 보호자들, 그들이 표현해주는 감사함에 감사하고 행복하다. 내가 보던 환자의 상태가 호전되어 일반병실로 전동 가는 날, 정들어서 헤어지기 아쉽다고 보러 오겠다는 환자분께 "저 보러 오지 마세요, 아프시면 안 되죠"라고 농담하며 함께 웃는 순간에 행복하다. 정시 퇴근한 데이의 퇴근길 햇빛에, 이브닝 퇴근길 밤공기에, 나이트 퇴근길 여유로움에 행복하다. 혼자 일하기 어려운 직업이기에 함께 근무하는 선생님들과 도움을 주고받을 수있어 행복하다. 식사를 챙기지 못하고 일한 날에도, 퇴근 후 함께 이야기를 나누며 맥주 한잔할 수 있는 동료들이 있어 행복하다.

당연히 매일 매 순간이 행복할 수는 없다. 허나 간호사에게 주어지는 책임감, 의무감, 사명감 속에 파묻혀 행복 찾기를 잠시 미루고 있었던 것 같다. 결국 환자를 잘 돌보는 간호사가 되려면 나부터 돌봐야 한다는 것을 깨달았다. 바쁜 일상 속 스며들어 있는 다정함과 안정감 속에서 나뿐만 아니라 모든 간호사들은 행복을 느낄 수 있다. 우리에게 강요되는 지나친 희생정신을 잠시 내려두고 나의 감정에 집중하면 조금 더 행복한 간호사가 될 수 있지 않을까, 하는 생각을 해본다.

치료적 도구로서의 자기
(Therapeutic use of self)

• 임병내

서울대학교병원

'버티라'는 말, 임상에 와서 동기들이 퇴사를 고민하거나 이제 막 입사한 후배들이 미래에 대해 고민할 때 내가 해줄 수 있는 말이었다. 사실은 스스로에게 가장 많이 했던 말이기도 하다. 이 글을 쓰는 오늘은 입사한 지 1,000일째 되는 날이다. 중환자실에서는 밥도 제대로 먹지 못하며 고강도의 근무를, 그리고 선배들의 폭언을 버텨야 했다. 연차가 낮다는 이유로 신뢰받지 못했고 아이의 죽음이 내 잘못이 되어 있었던 경험도 했다. 부서 이동을 한 정신과 병동에서는 3일이라는 짧은 직무 교육만 받고 투입되었다. 공감 피로에 허덕이면서 겨우 그 자리를 버티고 있지만 지금까지의 시간들을 버티면서 나는 많이 성장했다. '치료적 도구로서의 자기'라는 개념을 철칙으로 다양한 기법들을 몸소 익히며 임상에서 실천 중이다. 그러다 나의 인내의 시간들이 결코 헛되지 않았음을 느낄 수 있었던 편지를 받았다.

"To.병내쌤.

드디어 작별인사를 할 때가 왔네요. 저도 여기서 3달을 있을 줄 전혀 상상도 못 했어요. 물론 3달을 버티는 게 정말 정말 힘들었지만, 선생님이 곁에서 항상 응원해주셔서 힘이 많이 되었어요. 만약 병내쌤이 저의 담당 간호사가 아니었다면, 저는 훨씬 더 힘들었을 거예요. 쌤처럼 다정하시고, 웃기시고, 지혜로우시고, 착하신 간호사님은 없어요. 저는 선생님을 만난 이후부터 '아 내 담당 간호사님이 병내쌤이어서 너무 기쁘다'라는 생각을 계속 했어요. 병내쌤이랑 이런저런 이야기를 나누면서 제 자신을 돌아볼 수 있는 기회가 생겨서 좋았어요. 우울증에 걸린 이유가 뭘지, 우울증을 어떻게 이겨낼지, 그리고 앞으로 우울증에 다시는 걸리지 않게 어떻게 지낼지 등 많은 것을 제 스스로 깨닫게 해 주셨어요. 마음챙김이라는 새로운 것을 배우면서 저 자신한테 좀 더 착해지는 방법도 알아냈어요. 선생님이 마음챙김을 계속하시려고 한다니, 저도 꼭 일상에서 마음챙김과 자기연민을 해보도록 할게요. 이런 멋진 것들을 저한테 소개해주셔서 감사합니다. 선생님이랑 얘기하면서 이 생각을 정말 많이 했어요. '와 병내쌤은 어쩜 이렇게 똑똑하시지?' 항상 제가 질문이 있으면, 그 질문을 마치 예상했듯이 답을 너무 완벽하게 해 주셨죠. 쌤 덕분에 여기 있는 동안 많은 것을 배웠어요. 그리고 선생님이 제 이름을 외치실 때마다 저는 웃음이 났어요. 선생님 덕분에 많이 웃고 가요. 저를 믿어주시고 응원해주시고 같이 이야기 나눠주셔서 정말 감사했어요. 앞으로도 선생님에게 복이 찾아가기를 기도할게요. 저도 집에 다시 가서 건강하게 살아갈게요. 그동안 너무 감사하고 재밌었어요.

임병내쌤, 파이팅!"

편지를 읽던 나는 어느새 눈가가 촉촉해졌다. 한국말이 서툴고 감정 표현이 둔했던 친구가 자신의 속마음을 표현하기 위해 얼마나 많은 고민을 했을까 생각했다. 3달이라는 짧지 않은 기간 동안 그 친구뿐만 아니라 나도 많은 것들을 배웠다. 어쩌면 인생을 배웠을지도 모르겠다. 누군가를 믿어준다는 것, 그리고 그 믿음을 통해 많은 변화가 일어날 수 있다는 것을 배웠다. 그리고 나를 사랑한다는 것, 자기 연민을 통해 조금이나마 스스로에게 따뜻해지는 것을 배웠다. 환아가 나에게 배운 것보다 내가 환아를 통해 배운 것이 더 많을지도 모르겠다.

편지와 관련한 또 다른 일화가 있다. 치료적 의사소통을 하기 위해 배웠던 비폭력 대화의 마지막 수업에서는 '감사, 미래에서 온 편지'라는 활동을 했다. 이 활동은 내가 지구에서 함께 살아가는 사람들의 삶을 더 멋지게 만드는 데 기여한 것에 대해 100년 혹은 200년 뒤의 한 사람이 감사하여 나에게 편지를 쓰는 것을 상상해 보는 시간이었다.

"편안하게 앉아 눈을 감으며 상상의 여행을 떠나봅니다. 다음 세대를 향해서 시간 여행을 합니다. 100년 뒤 혹은 200년 뒤 그곳에 살고 있는 한 사람을 떠올려 봅니다. 구체적이지 않아도 괜찮습니다. 그 사람의 입장이 되어서 그 사람이 현재 살고 있는 우리의 삶을 바라보고 있다고 상상해봅니다. 지구에서 함께 살아가고 있는 사람들의 삶을 좀 더 멋지게 만드는 데 내가 기여한 것에 대해서 감사를 하고 있다고 상상해봅니다. 그 존재가 나에게 어떤 말을 하고 싶어 하는지, 그 말이 포함되어 있는 글을 적어봅니다."

나는 문득 머릿속을 스치는 생각들을 빠르게 적기 시작했다. "안녕하세요. 어떻게 감사 인사를 적어야 할지 모르겠네요. 선생님 덕분에 제가 태어났습니다. 저희 할머니께서는 선생님 덕분에 삶을 포기하지 않으셨고, 지금의 제가 있게 되었습니다. 저희 가족이 유지될 수 있었던 것은 선생님 덕분입니다. 열악한 시스템 속에서도 부단히 노력하고 애쓰셨습니다. 선생님의 수고가 헛되지 않았다는 것을 아셨으면 좋겠네요. 더불어 선생님 덕분에 많은 생명들이 살아가고 있고, 그 파급력은 몇 세대에 거쳐서 더욱 커져가고 있습니다. 지금처럼 포기하지 않고 그 자리를 버텨주세요. 어디에서 일하시든지 그 선한 영향력을 계속해서 흘려보내 주세요. 감사합니다."

가상의 편지였지만 편지를 작성하고, 다른 선생님께서 읽어주는 것을 들으며 많은 위로가 되었다. 어떤 날은 이렇게 아등바등 살아가고 있는 스스로를 마주하며 회의감을 느끼며 좌절하기도 했다. 나의 노력으로, 나의 애씀으로 누군가를 일으킨다는 생각을 잊고 일을 해왔다. 이 작업을 통해 내가 하는 일들이 어떤 가치를 가지고 있는지 실감했다. 특히 정신과에 있다 보면 직접적인 죽음을 마주하는 경우가 많지는 않다. 하지만 그들이 입원이라는 경험을 통해 삶의 큰 전환점을 맞기도 한다는 생각에, 나를 거쳐 갔던 수많은 환아들의 인생에 나는 어떤 영향력을 끼쳤을지 생각해보며 뿌듯하기도 하고 조심스럽기도 하다.

우연히 이 활동을 같이 했던 선생님께서는 간호사로 12년 동안 근무를 하다가 현재는 휴직 중이신 상태이다. 선생님께서는 한번도 자신이 간호사로서 누군가의 삶에 기여한 것에 대해 생각해 본 적이 없다는 말과 함께 죽음 앞에서 많은 좌절을 겪으며 무너지셨다고 하셨다. 그런 선생님께서는 나의 편지를 보고 하염없이 눈물을 흘리셨다. 더불어 선생님께서도 편지를 통해 자신이 해왔던 일에 대한 가치를 느낄 수 있으셨다고 전했다.

행복해질 용기라는 책에서는 '간호사는 병원에서 수많은 환자를 접하지만, 환자의 입장에서는 입원이라는 비일상적인 경험 속에서 접하는 단 한 명의 간호사가 자신의 인생을 바꿀 수도 있다. 그런 자부심을 지니고 업무에 임한다면 일은 더 이상 괴롭고 힘든 것만은 아니다.'라는 구절이 있다. 막상 병원에 있다 보면 수많은 죽음 앞에서 무너지고 눈물 흘릴 때가 많다. 내가 잘못했던 것들만 생각하고 스스로를 비난하기 쉽다. 하지만 간호사라면 일하면서 들었던 사소한 감사의 인사나 위로와 응원의 말들이 각자의 기억 속에 존재할 것이다.

간호사로 일하고 있는 친구가 자신의 경험을 공유해주었다. 그 친구는 보호자에게 "사람을 살리는 데 도움을 주는 좋은 기술을 배워서 좋겠어요."라는 말을 듣고 참 자랑스럽고 좋은 기술을 나누고 있다는 생각이 들었다고 했다. 더불어 자신이 좋아하고 또 좋아하는 일을 할 수 있는 건 참 행복한 일이라고 했다. 지금 이 글을 읽는 순

PART 4_ 너와 나 그리고 모두의 건강을 위해

간만이라도 각자 마음을 들여다보며 행복과 가치를 충분히 느끼고
그곳에 머물렀으면 좋겠다. 이 글을 마치며 나는 '아 우리는 참 행복
한 일을 하는 사람들이구나.'라는 생각이 든다.

#치료적 도구로서의 자기1_임병내(서울대학교 어린이병원)

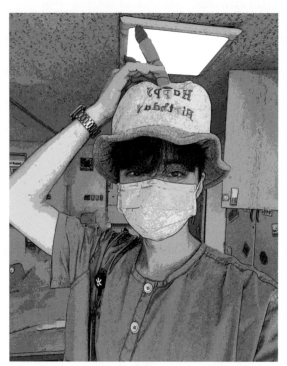

\# 치료적 도구로서의 자기2_임병내(서울대학교 어린이병원)

\# 치료적 도구로서의 자기3_임병내(서울대학교 어린이병원)

다시 찾은 평범하고 행복한 응급실 일상 '굿바이, 코로나'

• 황석화

이화여자대학교 의과대학 부속 서울병원

2019년 12월, 응급실에서 중국 우한이라는 지역에 신종 폐렴 유행이 돌고 있다는 소문이 조금씩 들리기 시작했다. 그 당시 중증도 분류 간호사였던 나는 "신종 플루 같은 건가? 그냥 폐렴 아니야?" 하며 대수롭지 않게 넘겼다. 그때는 이 신종 폐렴이 이렇게까지 길게 우리의 일상을 송두리째 바꿔놓을 줄은 상상도 하지 못했다.

우리나라 첫 코로나19 확진자가 나오고 응급실은 신종 감염병에 대비하기 위해 비상 방역 체계를 가동하기 시작했다. 처음에는 일회

용 마스크, 그 다음은 장갑과 가운, N95 마스크[1], face shield[2], 헤어 캡 그리고 여태까지 교육 영상으로만 봤던 Level D[3] 방호복까지 착용하고 격리 환자들을 간호하였다. 한여름에 보호 장구를 착용한 채로 일한다는 것은 정말이지 지옥이었다. 1인실 찜질방에 갇힌 느낌이라 하면 적당한 비유일 것이다. 숨을 쉴 때마다 습기가 차서 쉴드와 고글은 뿌예지고 앞이 제대로 보이지 않는 상태로 환자들의 IV[4]삽입 및 모든 간호 처치를 수행해야 했다. 환자를 보기 위해 격리실을 들어갈 때마다 비닐 가운 입고 벗기를 무한반복하고, 코로나19 확진 환자 CPR[5]이 끝난 후 Level D를 벗으면 근무복은 이미 땀으로 흥건하게 젖어 등에 하얀 소금 줄이 몇 줄 그어져 있었다. 가슴과 등, 겨드랑이 등이 땀으로 젖어 서로가 민망할 정도였다. 틈나는 시간에 물 한 바가지 끼얹고 옷을 갈아입어도 한 시간이 채 안되어 다시 온몸이 땀범벅이 되는 것은 일상다반사였다. 생각지 못한 코로나19 장기화에 지치기 시작했지만, 단연 간호사가 해야 할 의무와 역할이기에 계속해서 바뀌는 방역 체계에 우리 나름대로 빠르게 적

----

1 N95(Not resistant to oil, 95%) 마스크: 기름 성분에 대해 저항성은 없지만 에어로졸을 포함하는 공기 중에 떠다닐 수 있는 0.3μm(마이크로미터) 정도의 미세입자에 대해 95%이상에서 필터링의 효과가 있는 마스크

2 face shield(보안면): 바이러스, 화학 물질, 던져진 물건 등으로부터 착용자를 보호하기 위해 얼굴에 착용하는 투명한 플라스틱 덮개

3 Level D(방호복): 방호복은 4단계 Level이 있으며 Level D는 그중 가장 낮은 등급의 방호복

4 IV(IntraVenous, 정맥내)

5 CPR(Cardio Pulmonary Resuscitation, 심폐소생술): 심장의 기능이 정지하거나 호흡이 멈추었을 때 사용하는 응급처치

응해 나갔다. 헤어 캡을 이마에 자국 나지 않게 쓰는 방법, 고글과 쉴드에 김이 서리지 않게 하는 방법, 가운을 빠르고 편하게 벗고 입는 법 등 현장에서 일하면서 터득한 노하우를 동료들끼리 공유했다. 땀으로 샤워하고 나왔을 때에도 이것도 추억이라며 서로 어깨동무를 하고 기념사진도 남기면서 힘든 상황에 소소한 행복을 찾으며 극복해 나갔다.

끝이 없는 코로나 전쟁터에서 우리가 가장 힘들고 버티기 힘든 순간은 응급실 문 앞에서 환자를 받지 못하는 순간이었다. 응급실 내격리실이 없을 때 우리는 어쩔 수 없이 다른 응급실을 안내하거나 무한 대기를 설명하게 된다. 너무 급한 상황으로 응급실을 찾았는데, 치료가 필요한 환자들을 받을 수 없다는 역설적인 상황에 화가 나고 환자에게는 죄송스러운 마음뿐이었다. 코로나19 의심 증상으로 인해 격리 병상이 없어 지금 당장 치료를 제공할 수 없다는 설명을 하는 과정에서 우리는 불필요한 감정 소모와 민원에 시달려야 했다. 엎친 데 덮친 격으로 동료들이 잇따라 코로나19 확진 판정을 받으면서 내일의 근무를 알 수 없는 총체적 난국이 되어 버렸다. 잘못한 사람은 없지만 서로가 미안해하고 이 사태의 모든 원인인 코로나를 원망하며, 동료들은 다시 한번 힘내자 다짐하였다.

잘 버티고 있다고 서로를 다독이며 말하고 있지만 가끔은 한계가 온다고 생각될 때가 많아졌다. 이미 한계를 넘었을지도 모른다. 그럼에도 불구하고 동료들이 있기에, 우리를 기다리는 환자들이 있기에 응급실 간호사들은 코로나19 최전방에서 모두를 씩씩하게 지키고 있었다. 그리고 사회적 거리두기와 마스크가 이제는 일상이 되어버려 무뎌졌을 때 즈음, 끝이 보이지 않던 코로나 터널이 드디어 끝이 보이기 시작했다. 3년 동안 잃어버렸던 평범한 일상의 순간들이 응급실에도 찾아오고 있었다.

여느 때와 같이 졸린 눈을 비비며 데이 근무로 출근을 했는데 나이트 선생님들이 정말 해맑은 미소로 인사하며 우리를 기다리고 있었다. "화이트 베드예요!" 얼마 만에 들어본 소리인가. 응급실의 화이트 베드는 응급실에 환자가 단 한 명도 없는 상태를 말하는 단어로 유일하게 응급실이어서 가능한, 하루 종일 소란스러운 공간이 고요해지는 잠깐의 기적 같은 순간이다. 쉴 새 없이 일하다 의료진이 두 발 뻗고 쉴 수 있는 행복한 순간이기에 언제나 우리가 간절히 바라는 화이트 베드이다. 이전에는 자주는 아니지만 아주 가끔 이 기쁨을 누릴 수 있는 순간이 있었는데, 코로나19가 시작된 이후로는 격리실에 환자들이 장시간 대기하다 보니 전혀 기대할 수가 없었다. 3년 만에 보는 텅 빈 응급실 풍경을 보고 있자니 괜스레 마음이 울컥했다. 옆에 있는 동료들과 서로 부둥켜안으며 조용한 환호성을 내질렀고 몇 분도 채 안 되어 환자들이 밀어닥쳐 각자 구역으로 흩어졌지만 우리들의 눈가에는 한동안 미소가 가시질 않았다.

코로나19 상황이 점차 안정 국면에 들어서면서 방역 지침의 변화로 보호 장구 착용 조건이 완화되었다는 내용을 확인한 순간, 모든 응급실 간호사들이 환호하며 가운을 벗어던졌다. 아직까지는 모든 보호 장구를 제거할 수는 없지만 가운 하나만으로도 우리는 1인실 찜질방에서 해방된 느낌이었다. 근무 후에도 땀에 찌든 몸이 아닌, 헤어 캡과 쉴드에 눌려 떡이 진 머리가 아닌 뽀송뽀송한 머리와 몸으로 퇴근할 수 있는 것에 행복해하는 우리들을 보면서 코로나가 우리들의 소소한 일상들을 얼마나 많이 앗아갔었는지 새삼 느꼈다.

마스크를 착용하고 일하는 것은 간호사들에게 생각보다 아주 불편한 장애물이다. 특히 어떤 환자가, 얼마나 많은 환자가 올지 모르는 예측 불가능한 응급실에서는 같이 일하는 동료들끼리의 의사소통이 매우 중요하다. 시끄러운 상황에서 들리지도 않고 마스크 때문에 입모양이 보이지 않아 참으로 답답한 상황이 한두 번이 아니었다. 근무 중에는 물론, 근무 시작 전후로도 탈의실에서 마스크를 낀 채로 인사를 나누기 때문에 서로의 마스크 벗은 모습을 한 번도 본 적이 없는 선생님들이 어느새 꽤 많아져 버렸다. 실외마스크 의무 착용이 해제되었고 드디어 조심스레 공개하게 된 서로의 얼굴. 왠지 모르게 부끄러운지 얼굴을 붉히는 선생님도 있었고, "소개팅 나와서 앞에 앉아 있는 처음 보는 이성에게 저를 소개하는 기분이에요." 라고 말하는 선생님도 있었다. 눈만 보면 새침해보였던 사람은 알고 보니 귀여운 곰돌이를 닮았고, 마스크 벗은 모습이 훨씬 예쁘고 멋있는 사람들이 대부분이었다. 우리는 그날 코로나가 뺏어갔던 우리의 얼굴들을 다시 되찾아 온 기념으로 꼭 마스크를 벗고 한강에서 치킨과 맥주 한잔을 하며 회포를 풀자며 약속하였다. 코로나19 대유행으로 인해 잃어버린 3년은 다시 돌아오지 않는다. 하지만 우리는 그 3년을 극복했고 이제는 코로나와 작별 인사를 준비하고 있으며 평범했던 일상으로 되돌아갈 준비를 하고 있다. 한강을 바라보며 나의 멋진 동료들과 수고했다고 건배를 하며 꼭 말하고 싶다. "굿바이, 코로나!"

오미크론 천사들
–코로나19병동 71병동 천사들이야기

● 이지연
에이치플러스 양지병원

"좋은 아침입니다."

"71병동이 코로나 전담 병동으로 운영된다던데요?"

우연히 서류를 전해주기 위해 간 원무과에서 갑자기 들은 얘기였다. 특실도 있고 많은 병상을 운영하고 있는 상황이라 전담 병동 전환 가능성이 적을 것이라 짐작했지만 예상은 빗나가고 설마는 현실이 되었다.

2021년 11월 10일 원내 긴급회의가 열렸고 우리 71병동은 12월 1일부터 코로나 전담 병동 변경이 확정되었다. 급하게 우리는 11월 11일부터 기존 입원환자들을 타 병동으로 전동시키기 시작하였고, 11월 19일부터 11월 30일까지 병실 확보를 위한 공사를 했다. 그동안 나는 코로나 전담병동 오픈을 위해 맨땅에 헤딩하듯 모든 것을 처음부터 준비해야만 했다. 발품을 팔아가며 타 감염병 전담병원을 벤치마킹하러 다녔다. 또한 지인을 통해 병동운영에 관한 필요한 사항을 수집 및 조사하는 한편 본원 운영 체계에 맞춰 개선해 나갔다.

준비해야 할 것이 한두 개가 아니었으나 가장 큰 걸림돌은 인력 문제였다. 우리 병동간호사들은 재활의학과 병동 특성상 만성기 환자 간호에 익숙한 터라, 코로나 병동으로 전환 시 급성기 환자 케어에 대한 충분한 교육이 필요했다. 또한 신종 감염병에 대한 공포, 새로운 업무에 대한 압박감, 보호구 착용의 부담을 마냥 쉽게 받아들일 수 있는 이는 없기 때문에 간호사들의 멘탈 케어도 중요했다. 그래서 수간호사인 나로서는 간호사 26명, 간호조무사 10명, 보조원 4명의 식구들에게 갑작스레 전담 병동으로 전환됨을 알리고 설득해야만 하는 것이 큰 부담으로 찾아왔다.

나는 수없이 많은 역경 속에서도 굴하지 않고 돌파하는 '백절불굴'의 성격을 가지고 있다. 그래서 부서원들에게 가감 없이 현재 상황과 앞으로의 계획을 설명했다. 또한 어떠한 난관 속에서도 서로 의지하고 힘을 합치고 지혜를 모으면 헤쳐 나갈 수 있다고 설득했다. 그리고 가슴을 터놓고 면담하자 너무 감사하게도 한 명의 낙오자 없이 기존 부서원 전원이 모두 근무하기로 했다.

입원실 공사가 진행되는 동안 업무절차의 정립, 장비 비치, 물품 구비 및 이에 대한 교육과 관리가 필요했다. 또한 전담 병동 운영에 필요한 타 부서들의 협조와 협력, 직원 감염 교육, 입원 절차관리,

입·퇴원 환자 관리 및 기존 내부 고객에 대한 감염관리까지 모든 감염체계를 재확립해야 했다.

그렇게 정신없이 시간이 흐르고 12월 1일 자로 중수본 병상 배정반으로부터 중등증 환자 배정을 받으며 입원이 시작되었다. 짐작한 대로 감염병 병동 개방 1일 차에 10여 명의 환자가 물밀듯이 입원했다. 만반의 준비를 하였으나 익숙하지 않은 업무에 첫날부터 혼선이 빚어졌다. 입원 배정 후 환자를 맞이하는 단계부터 난관에 부딪혔는데 감염병 확산방지를 위해 기존 내원객, 입원환자와는 동선이 겹치지 않도록 타 부서들로부터의 협력도 필요했다. 또한 입원 후 환자 상태를 확인하고 처방받고 처방약을 수령하고 환자에게 처치하기까지 평소와는 다른 추가적인 단계의 과정을 거쳐야 했다. 그중 가장 어려운 일은 몇 겹의 보호장구를 착용하고 환자와 소통하고 처치해야 하는 것이었다. 평소에는 10~20분 안에 끝낼 수 있는 일도 1시간 혹은 그 이상의 시간이 필요했다.

그러던 와중 멀쩡히 걸어서 입원하신 92세 여자 환자분이 갑작스레 호흡곤란을 호소하며 산소포화도가 떨어지는 상황이 발생했다. 고용량의 산소제공에도 불구하고 환자는 회복되지 않아 결국 급박한 상황 속에서 평소에는 중환자실에서 이루어져야 될 처치들이 병동에서 이루어져야만 했다. 기도삽관 및 인공호흡기 연결, 중심정맥관을 삽입 및 동맥혈확보를 위해 동맥관 삽입까지 일반병동 간호사들이 중환자 간호를 할 수밖에 없는 상황이 연출되었다. 결국 병동 오픈 1일 차에 새벽 6시 30분에 출근한 간호사들은 자정을 지나 새벽 1시가 되어 겨우 퇴근할 수 있었다.

이후에도 중증 환자는 계속 늘어났다. 입원 시에는 스스로 걸어왔으나 갑작스러운 호흡부전으로 고유량산소요법을 적용하는 환자가 늘어났고 그중 몇 분은 기관삽관 후 인공호흡기를 적용하고 중증 병원으로 전원했다. 또한 12월에는 갑작스러운 오미크론 변이 바이러스 확산으로 인해 전원할 병상을 찾지 못하고 본원에서 운명하시는 분도 점차 늘어났다. 코로나 최악의 상황은 임종 시에도 가족이 대면 면회를 할 수 없다는 점이었다. 그래서 영상으로 면회할 수밖에 없는 참으로 지독한 상황이 벌어졌다. 30년 넘는 간호사 생활을 하면서 임종하시는 분들을 수없이 봐왔으나 이번처럼 잔인하고 슬픈 경험은 처음이기에 몸과 마음이 모두 지쳐갔다. 지친 것은 나뿐만이 아니었다. 부서원들 역시 힘들어하며 사직을 원하는 면담이 늘었다. 나는 최선을 다해 우리를 필요로 하는 환자들이 있기에 함께 견뎌보자고 다독였지만 딱히 고충을 해결해줄 방법이 없는 현실의 벽은 너무 컸다. 그러나 마냥 손을 놓고 있을 수만은 없었다. 내가 할 수 있는 한 최대한의 노력을 해야만 했다. 그래서 타 부서와 소통하며 업무협조를 요청했고 가능한 업무는 단순화하여 업무강도를 조금이나마 줄이도록 최선의 노력을 하였다. 또한 바삐 움직이느라 자신을 돌볼 새도 없이 지내는 부서원들에게 작은 간식거리를 챙겨주고, 축 늘어져 있는 부서원들에게는 괜히 너스레를 떨며 조금이라도 웃음을 찾을 수 있게 격려를 잊지 않았다.

다행히도 영원히 줄지 않을 것 같던 중증 환자는 1월이 되며 서서히 감소하기 시작했고 겨우 한숨 돌릴 수 있는 상황이 되었다. 진퇴양난의 상황 속에서 감염병동 오픈일부터 중증 환자로 단련되어 온 부서원들은 점점 더 단단해졌고 업무도 익숙해졌다. 건강하게 퇴원하는 환자분들도 점차 증가하면서 간호사들의 보람도 늘었다. 그리고 어떤 퇴원 환자분은 퇴원 후 한 온라인커뮤니티에 우리 병원 간호사들을 칭찬하는 글까지 올려주셨다. 그 게시물의 내용은 이랬다. "입원 후 극심한 통증에 힘들었으나 능숙한 간호사들의 처치 덕에 금세 회복될 수 있었다. 전신 방호복에 마스크, 얼굴 가림막까지 한 채 환자에게 투약내용을 설명하고 친절하게 응대해주어 뭉클했다. 고령 환자의 대소변처리를 하는 상황에서도 모두 싫은 내색 한 번 없이 묵묵히 일해주어 고마웠다."

조회 수가 8만 회에 달하는 그 글에 우리 병동 간호사들을 칭찬하는 댓글 일색이었다. 글을 보고 있자니 그간의 힘들었던 마음도 풀리고 뿌듯한 마음도 들었다. 무엇보다 힘든 와중에도 묵묵히 최선을 다해준 우리 부서원 식구들에게 감사한 마음이 들었다. 너무 자랑스러웠다.

한때, 너무 힘들고 지쳐 아무도 모르게 펑펑 울었지만, 다시 마음을 다잡고 일어나 일터로 가는 이유를 곰곰이 생각해보았다. 그 이유는 나의 간호를 필요로 하는 이들이 있고, 나와 같이 옆에서 묵묵히 함께 손잡고 걸어가 주는 동료들이 있기 때문이 아닐까?

지겹고도 힘들었던 시절이 계절이 변하듯 지나가고 있다. 끝없는 터널은 없듯, 이 길고 긴 싸움도 결국 한여름 미풍처럼 지나가리라 기대해본다.

\# 의사소통_이지연(에이치플러스 양지병원)

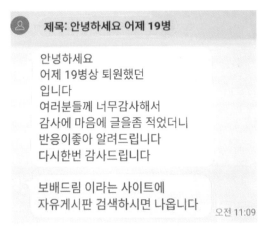

\# 칭찬글_이지연(에이치플러스 양지병원)

PART 4_ 너와 나 그리고 모두의 건강을 위해

등산으로 충전하기

• 이주희

삼성서울병원

요즘 나의 행복이자 인생 충전기는 등산이다. 무언가 잘 안 풀릴 때, 우울할 때, 생각이 많아질 때 등산을 가면 부는 바람에 고민이나 어려움이 날아가는 느낌이 든다. 정상에 다다를 땐 내가 해냈다는 생각과 함께 뿌듯함이 몰려오고, 모든 생각을 잊어버린다.

많은 산을 갔다고 말할 순 없지만 그중 가장 좋았던 곳은 지리산이다. 금요일 밤 퇴근 후 새벽 12시에 버스를 타고 지리산에 내렸을 때의 새벽하늘을 잊지 못한다. 별이 쏟아져 내릴 것 같다는 말은 그때의 하늘을 두고 한 것일 게다. 랜턴을 가지고 올라가는 와중 점점 해가 뜰 때, 천왕봉 근처에서 일출을 맞이했을 때는 정말 세상을 다 가진 느낌이었다. 이후 내가 가장 좋아하는최애 산은 지리산이 되었다.

등산인이라고 하기엔 못 가본 산이 너무 많지만, 가본 산 몇 군데를 이야기해 보자면… 병원 근처에 있는 대모산도 좋다. 높지 않아 오르기 쉽고 왕복 2시간이면 충분하다. 좀 아쉽다 싶으면 대모산 옆의 구룡산까지 다녀올 수 있다. 대모산은 단시간에 빠르게 다녀오고 싶을 때 택하는 산이 되었다. 아차산과 용마산도 접근성이 좋아 쉽게 다녀올 수 있다. 높이도 적당하고 무엇보다 정상에 오르면 서울 시내가 잘 보여서 무난한 산이다. 북한산은 멀어서 자주 갈 순 없지만 서울과 가까우면서도 멀리 간 느낌을 받을 수 있다. 아마 돌이 많은 산이어서 그런 것 같다. 관악산도 너무 유명한 산이라 소개할 필요도 없겠지만 개인적으로 사람이 많아서 서울대학교로 가는 코스는 비추천이다. 사당역에서 시작하는 코스가 사람이 없고 좋다. 안산과 인왕산도 오르면 서울 시내가 잘 보여서 좋다. 인왕산은 특히 야경이 예쁘다고 하던데, 아직 야간산행은 해보지 않아서 아쉽다. 꼭 언젠가 해보려고 한다.

간호사는 스트레스를 정말 많이 받는 직업 중 하나인데, 스트레스를 극복하기 가장 좋은 운동이 등산이 아닐까 생각한다. 환자와 보호자를 대하던 스트레스에서 벗어나 누구와도 이야기하지 않아도 되고 나 스스로의 감정을 돌아볼 수 있게 된다. 번아웃이 올 때 높은 곳에 올라 전망을 보면 다시 할 수 있을 것 같은 감정이 살아난다. 또 3교대를 하면서 햇빛을 보기 어려운 때가 많은데, 등산을 하면서 햇빛을 보는 시간도 늘어났다.

핸드폰을 충전하는 것처럼 사람도 충전이 필요하고, 그 방법은 사람마다 각자 다를 텐데, 나의 충전기는 등산이다.

신불산_이주희(삼성서울병원)

소외된 이웃과 함께하는
'진정한 간호의 길'

● 홍소윤
서울특별시 보라매병원

코로나와 무더위가 기승을 부리던 작년 8월, 남산 코로나 생활치료센터 파견근무로 명동역을 지나가는데 한여름에 패딩을 입고 모자를 푹 눌러쓴 누추한 행색의 한 사람이 내 쪽으로 다가왔다. 눈이 마주친 순간 그 사람은 잠시 주저하더니 다시 나에게 다가오며 알수 없는 말을 했다. 가까이 다가왔을 때 비로소 나도 그 사람이 누군지 알 수 있었다. 그를 예의 주시하고 있던 역무원이 이쪽으로 다가와, "저기 아저씨! 이러시면 안 됩니다!" 하셨고 나는 웃으며 대답했다. "괜찮아요, 저희 병원 환자분이에요." 그 노숙인은 몇 달 전 알코올성 간경변증과 합병증으로 39병동에 입원치료 후 퇴원했던 환자분이었다. 입원 중 나와는 특별한 기억도 없었고, 이렇다 할 대화를 나눈 기억도 거의 없는데 나를 기억하고 다가와 준 게 신기하고 무척고마웠다. 경계의 시선으로 노숙인을 대할 수밖에 없는 역무원과는 달리 한 인간을 차별 없이 조금 더 따뜻한 시선으로 바라볼 수 있는 나는, 간호사라는 사실을 실감하게 된 순간이기도 하였다.

나는 현재 39병동 전인 간호 병동에서 근무하고 있는 간호사이다. 고등학교 때까지는 다른 꿈이 많던 여학생이었다. 하지만, 간호사의 외길을 걷기로 결심하고 간호학과에 진학하여 간호사가 된 지도 어언 7년이 지났다. 39병동으로 부서 이동을 한 지는 약 2년이 흘렀고 어느덧 3년을 향해 달려가고 있다. 내가 근무하고 있는 39병동은 작고 아담하지만 어떠한 병동 못지않게 활기차고 화목하다. 이외에도 이 병동은 아주 특별한 자랑거리가 있다. 보라매병원은 경제적인 어려움으로 의료혜택에서 소외된 시민들을 위하여 의료비를 지원해주고 의료봉사를 시행하는 등 중요한 공공의료기관 역할을 하고 있다.

취약계층들이 의료행위를 받는 것에 소홀하지 않도록 오로지 그들만을 위한 전인 간호 병동이 운영되고 있는데, 부양 의무자가 없는 무연고, 장애인 생활시설이나 사회복지 생활시설에 입소 중인 환자, 행려, 노숙환자 등 사회 취약계층들이 입원하고 있다. 진료, 입원치료라는 신체적인 간호뿐만이 아니라 건강 돌봄 네트워크실을 통해 의료비 지원이 어려운 환자들의 치료비를 감면받거나 지원받을 수 있도록 해주고, 퇴원 후 사회복지 생활시설 연계를 도와주고 있다. 또한 퇴원 후 진료협력실을 통해서 의료비 지불에 어려움이 있어도 갈 수 있는 요양병원을 연계해주고 있으며, 퇴원 시 환자들이 안전하게 시설이나 원래 생활하던 곳으로 돌아갈 수 있도록 구급차 연계를 해주는 등 심리적, 사회적, 경제적 측면에서까지도 그들을 돌보고 있다. 다른 병동과 차별화된 아주 큰 특이점이자 자랑거리라고 할 수 있다. 환자들을 돌볼 때 입원 시부터 퇴원 시까지 하나하나 신경 써야 할 부분이 많지만 그들의 의미 있는 삶을 되찾아 주기 위함이라고 생각하니 참 매력적이고 뿌듯한 일이 아닐 수 없다.

　39병동에 근무를 하면서 가장 많이 듣는 이야기는 "소윤아, 환자들 돌보는 건 어때? 많이 힘들지 않아?" "무섭지는 않아?"이다. 다들 걱정 어린 시선으로 나를 바라본다. 솔직히 부서이동 발령을 받았을 때는 사람에 대한 큰 편견이 없는 나조차도 이들을 대면해야 한다는 사실에 조금은 겁이 났고 두려웠다. 맞다. 사실 쉽지 않다. 솔직히 힘든 건 사실이다. 모든 진료과의 취약계층 환자들이 입원하기 때문에 여러 분야의 다양한 의료지식을 함양해야 하고 알코올 중독 환자들이 많아 금단증세가 나타날 때쯤이면 신체보호대를 적용해야 하는 일들이 허다하다. 개인위생 불량은 기본, 전신상태가 좋지 않은 환자들이 많다. 폭력성을 보이거나 욕설을 쉴 새 없이 내뱉는 환자들도 많아서 '라포'라는 것을 쌓고 싶지 않을 때도 있고, 의료비 지불 문제나 병원 생활 적응이 힘들어 도주하는 환자들도 있어 우리 병동의 하루하루는 아주 다이내믹하고 한시도 긴장감을 놓을 수 없다. 특히나 알코올로 인해 질병을 얻어 입원하는 환자들이 대부분인데, 병동에서 근무하며 환자들과 대화해 본 결과 내가 생각했던 것보다 술이 그들에게는 아주 큰 의미를 갖는 존재임이 분명한 것 같다. 그들과 대화를 해보면 음주에 대한 의존증이 높고 음주에 대한 지식이 굉장히 부족했다. '만연한 음주 문화 속에서 술을 재차 권유하는 주변 환경과 함께 그들이 사회적인 무관심 속에 방치되고 있어 무분별한 음주 행위가 계속 발생되는 것은 아닐까?' 하는 생각도 가지게 되었다. 반면에 알코올 섭취에서 벗어나고자 하는 환자들도 더러 있었고 실제로 쉼터나 시설에 입소한 이후로 금주에 성공한 환자도 있었다. 이러한 의지가 있는 환자들을 위해 취약계층들을 위한 절주 프로그램을 운영하여 금주가 현실적으로 불가하다면 절주를 권장해 알코올로 인해 발생할 수 있는 질환들을 예방하는 데 적극적인 도움을 줄 수 있다면 큰 보람을 느끼게 될 것 같다.

행복은 멀리 있지 않다. 우리 병동은 환자 앞에서 너, 나, 선배, 후배 할 것 없이 하나가 된다. 밝은 인사와 웃는 얼굴로 서로를 맞이하여 출퇴근이 항상 행복하다. 어떤 일이 발생하더라도 그 뒤에 따라오는 보람에서 소소한 행복을 찾고, 함께 기뻐하고 고민하고 위로하기에 기쁨은 두 배, 슬픔은 반이 된다. 이러한 아름다운 분위기 뒷면에는 서로 존중하고 배려하는, 노력하는 우리들이 있다.

살아가는 동안 누구나 인간답고 건강한 삶을 영위할 수 있어야 한다. 그런데 현실은 성별, 지위, 빈부의 격차 등으로 삶의 질에 있어 엄청난 차이가 있다. 노숙인 한 사람을 다시 사회로 복귀시키기 위해서는 많은 시간과 비용이 들겠지만 간호 측면 이외에도 또 다른 부분에서 사회 전체가 관심을 가져야 한다. 빈부의 격차 속에서, 건강 문제만큼은 차별 없이 모두가 건강한 삶을 누릴 수 있도록 하는 것은 중요한 일이다. 보라매병원은 이러한 역할을 수행하고 있는 공익 병원 중 하나이며 나도 그 일원으로 일조한다는 것에 자부심을 느끼고 있다. 사회 전체가 건강하고 행복해지려면 소외되는 계층이나 의료취약자가 그만큼 감소되어야 한다. 이런 면에서 내가 몸담고 있는 서울특별시보라매병원은, 39병동 전인 간호 병동은 나름의 역할을 충실히 하고 있다고 생각한다.

차가운 사회적 무관심 속에서 마음의 문을 닫았을 환자들이 어렵게 마음을 열고 감사하다고 말할 때 보람과 긍지를 가진다. 이것이 진정한 행복이지 않을까 싶다. 간호사가 되기 전에는 거리의 무법자로만 보였던 노숙인들도 이제는 나의 도움과 간호를 필요로 하는 환자일 수 있음을 실감하는 요즘이다. 힘들고 좌절하고 싶을 때면, 기초간호학 수업을 마친 뒤 임상 실습을 나가기 전에 실습복을 착용하고 떨리는 손으로 촛불을 든 채 다짐했던 나이팅게일 선서를 기억한다. "나는 일생을 의롭게 살며 전문 간호직에 최선을 다하겠습니다", "나의 간호를 받는 사람들의 안녕을 위하여 헌신하겠습니다."라고 다짐한 순간을 기억하며 힘을 내고 있다. 어쩌면 이 순간이 간호사 생활을 하며 가장 기억에 남고 보람된 시간이지 않을까?

소외된 이웃과 함께하는 '진정한 간호의 길'_홍소윤(서울특별시 보라매병원)

서울시 간호사 회원의
행복이야기

간호사,
행복 더하기…

국민 모두의
건강한 삶을 위해

새로운 삶의 시작, 조혈모세포 이식

• 이시은

이화여자대학교 의과대학 부속 서울병원

조혈모세포 이식이란 혈액암으로 투병 중인 환자에게 어떤 의미일까? 환자의 입장에서 경험해보지 않았기에 정확히 표현할 수는 없겠지만, 새로운 삶을 시작하는 기분이지 않을까 생각해본다. 그런 새 삶을 시작하는 과정을 환자의 가장 가까이에서 지켜본다면 어떤 기분이 들까?

2019년 11월, 나는 4년 차 경력직 간호사로 이대서울병원에 입사했다. 입사 후 혈액종양내과 병동에서 근무하며 여러 암 환자들을 접하게 되었다. 위암, 간암 같은 고형암 환자뿐만 아니라 백혈병, 림프종 등의 혈액암 환자분들도 만날 수 있었다. 그러던 중 조혈모세포 이식실이 새롭게 오픈하며 내가 그곳에 가게 된다는 소식을 듣게 되었다. 나는 병동에서 근무한 경험밖에 없기 때문에 조혈모세포 이식실에서 업무를 잘할 수 있을지 걱정이 되었지만, 한편으로는 조혈모세포 이식실의 오픈 멤버로서 잘해내고 싶다는 생각에 두근거렸다. 그 후 조혈모세포 이식실 간호사로서 역량을 갖추기 위한 여러 가지 교육을 마치고 2020년 10월, 이대서울병원의 조혈모세포 이식실이 오픈했다. 조혈모세포 이식실의 오픈과 함께 첫 이식 스케줄도 정해졌다.

　첫 이식의 주인공이 될 환자 P님은 우리 병원에서 급성 골수성 백혈병을 진단받은 분이었다. P님은 폐렴으로 타 병원에서 치료받으시던 중 증상이 호전되지 않아 우리 병원에 처음 입원하시게 되었고, 그 당시 내가 담당 간호사였기 때문에 알고 있는 분이었다. P님은 백혈병 진단 후 입원기간 동안 관해를 위한 항암 치료를 하시던 중 허혈성 대장염으로 응급수술 및 중환자실 치료까지 받으시며 오랜 기간 낳은 고생을 하셨다. 하지만 이를 극복하고 이후 공고요법까지 무사히 마치신 강인한 환자분이었다. 천운으로 유전자도 일치하는 기증자까지 찾아 환자뿐만 아니라 의료진 모두가 기뻐했다. 환자분은 치료를 받으시며 경제적 어려움이 있었지만 다방면으로 지원을 받으실 수 있었기 때문에 편안한 마음으로 치료에 전념하실 수 있었다. 그렇기 때문에 의료진 또한 P님의 이식을 기쁜 마음으로 준비했다. 나도 P님처럼 조혈모세포 이식이 처음이었지만 의료진을 믿고 자신을 맡긴 환자분을 위해 능숙한 간호를 제공하려 노력하고 공부했다.

조혈모세포 이식을 위해 무균실로 입원하신 P님을 반갑게 맞이하고 이식을 위한 첫걸음을 내딛었다. P님은 조혈모세포 이식 전 문제가 있는 골수를 완전히 제거하기 위한 고용량 항암요법 및 면역거부반응의 억제를 위한 약제가 순차적으로 투여될 예정이었다. 그렇게 전 처치가 시작되었고 그 시작은 순탄치만은 않았다.

이식 전 처치에 사용되는 여러 가지 약제들로 인한 피부 발진, 오심/구토, 오한, 발열 등이 환자분을 괴롭혔다. 힘든 와중에도 꿋꿋하게 버티며 이식을 기다리는 P님의 모습을 보며 완치라는 희망을 같이 꿈꾸게 되었던 것 같다. 그만큼 환자에게 조금이라도 더 도움이 되길 바라는 마음으로 공부하며 간호할 수 있었고, 나 역시 발전할 수 있는 계기가 되었다.

이식 전 처치가 끝나고 드디어 P님의 이식 날이 다가왔다. 기증자의 조혈모세포가 타 병원에서 오전 중에 채취되어 오후에 P님에게 이식될 예정이었다. 이식 시간이 다가와 P님도 잔뜩 긴장한 모습이었다. 원내에서 처음 이루어지는 조혈모세포 이식으로 모든 의료진의 관심이 쏠렸다. P님은 자신을 응원하는 모든 의료진들에게 감사하다며 눈물을 흘리셨고 나는 그 손을 잡아드릴 뿐이었다. 모두 긴장한 이식은 순조롭게 진행되어 끝이 났다. 이제 P님은 기증자의 조혈모세포가 무사히 자리 잡는 생착 과정을 거치고 새로운 삶을 시작하실 것이었다.

조혈모세포 이식은 잘 끝났지만 기증자의 세포가 자리 잡아 제 기능을 하고 골수가 회복되기까지 시간이 걸리기 때문에 P님은 그 이후에도 고생을 하셨다. 다행히 급성 이식편대숙주질환이나 심각한 합병증은 없었지만, 구강 점막염을 심하게 겪으시며 한동안 통증으로 입을 벌리지도 못하시고 진통제의 도움을 받을 수밖에 없었다. 그러나 기증자의 조혈모세포가 생착됨에 따라 P님의 혈구 수치도 점차 회복되었고, 골수 검사 후 무균실에서 바로 집으로 가실 수 있도록 퇴원 계획도 세워졌다.

조혈모세포 이식이라는 4주간의 긴 여정을 마치고 퇴원을 준비하시던 P님은 담당 교수님과 무균실 간호사 한 명 한 명에게 너무나 고맙다는 인사와 함께 큰절까지 하시며 눈물을 흘리셨다.

앞서 말했듯이 나는 P님이 첫 입원을 하실 때 담당 간호사였는데, 우연히도 P님의 마지막 퇴원을 내가 담당하게 되어 그분의 입원 생활의 시작과 끝을 함께했다. 그렇기에 P님은 특히나 기억에 남는 환자분이고 앞으로의 간호사 생활에서도 잊을 수 없는 환자분이 될 예정이다.

누군지도 모르는 타인을 위해 자신의 조혈모세포를 기증한다는 것은 무섭고 쉽지 않은 결정일 것이다. 하지만 작은 용기를 내어 조혈모세포를 기증하고 기증받은 환자가 새로운 삶을 살 수 있게 된다

면 얼마나 큰 행복을 느낄 수 있을까? 엄청난 확률로 유전자가 일치
하는 사람을 찾게 되어 조혈모세포를 기증받아 새로운 삶을 살게 된
다는 것은 무척이나 경이롭고 아름다운 일이다. 의료진으로서 소중
한 조혈모세포를 안전하게 이식하고 환자가 새로운 삶을 시작하는
과정을 가장 가까이에서 지켜볼 수 있다는 것은 여태까지의 간호와
다른 기쁨과 행복을 선사해주었다. 나도 기회가 된다면 의료진으로
서가 아닌 평범한 일반인으로서 다른 사람을 살리는 기회를 경험하
고 싶다.

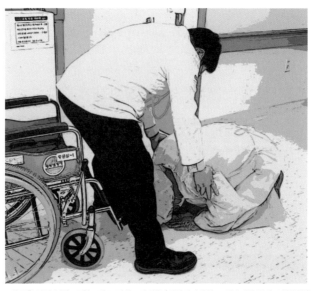

\# 새로운 삶의 시작, 조혈모세포 이식_ 이시은 (이화여자대학교 의과대학 부속 서울병원)

어르신의 마음을 읽는 1℃
우리들의 돌봄 행복이야기

• 박혜경

서초3동 주민센터

"죽기 전에 잠시라도 해가 드는 집에 살아 보고 싶어"

- 평생 지하에서만 살아오신 95세 독거 어르신, 지상에 살고 싶은 평생의
  꿈이 현실로! -

대상자는 1980년에 배우자가 사망한 후 어렵게 살다가, 수급자와
혼인하면 임대아파트에 살 수 있다는 것을 알게 되었습니다. 그래서
간암에 걸린 수급자 할아버지와 두 번째 결혼 후 혼인신고를 하고
생활을 하였습니다. 두 번째 남편은 2002년 사망하였고, 자녀들과
의논하지 않고 혼인신고를 해 자녀들과 사이가 많이 나빠졌다고 합
니다. 특히 아들과는 연락조차 하지 않고 지내고 있는 상태입니다.

대상자는 청소 일을 60년 넘게 하며 생계를 유지해 왔고, 해가 잘

들지 않는 지하에서 50년 넘게 거주하셨습니다. 저희가 방문하였을 때 방, 주방, 화장실 모두 별도로 분리되어 있는 지하에 거주하고 계셨고, 공간을 많이 차지하는 간이침대를 2개 사용하고 있어서 집 안에서 이동하기 불편하였고 앉을 공간 또한 부족한 상태였습니다. 또한 수납공간이 부족하여 물건들이 여기저기 쌓여있었고, 방치된 세탁물에는 먼지가 쌓여있었습니다. 방은 일반 종이 도배지가 아닌 먼지가 쉽게 붙는 재질의 부직포 같은 것으로 도배가 되어 있어 거뭇거뭇한 상태였습니다.

대상자는 남편 사망 후 수급자와의 결혼을 선택할 만큼 집에 대한 욕구가 강하였고, 오랜 지하생활 때문에 지하를 벗어나 지상에서 거주하고 싶은 욕구가 누구보다 절실한 상황이었습니다. 그래서 본인이 직접 LH에 방문하여 상담도 받아보시고 여러 차례 임대주택 신청을 하였으나, 안타깝게도 선정이 되지 않았습니다. 대상자 혼자 힘으로 집을 구하는 것이 쉽지 않았고, 계속된 실패로 집에 대한 대상자의 평생의 소망은 좌절된 상태였습니다.

대상자의 여생을 안전하고 편안한 보금자리에서 지내시길 모두가 간절히 바라기 때문에 구청 사회복지과팀장님. 서초3동장님이 나서 주셨습니다. 함께 지역 내 부동산에 방문하여 LH 고령자 주거취약 매입임대주택 매물 확인부터 신청하는 과정까지 물심양면으로 도와 주셨습니다.

신청결과가 나오기 전까지 약 1달의 시간 동안 대상자가 현재 사는 집에서 조금이라도 편안한 생활을 할 수 있도록 따뜻한 겨울나기 성금으로 에어컨을 설치해드리고, 좁은 집에서 자리차지를 많이 하는 간이침대 2개를 튼튼한 원목침대로 교체해드렸습니다. 그리고 편안하게 주무실 수 있도록 나비마켓에서 매트리스커버 및 이불 등의 물품을 지원해드렸습니다.

마침내 몇 번의 시도 끝에 주거취약 매입 임대주택에 선정되었습니다. 대상자에게 아들과 딸이 있으나 사이가 좋지 않아 부양을 받지 못하는 상황이라 계약과정과 이사까지의 전반적인 과정에 찾동 간호사와 복지플래너가 밀착 지원하였습니다.

양재 1동 집에 이사한 후 다음 날, 정리가 어느 정도 되었나 방문해보니 이삿짐이 그대로 놓여 있었습니다. 고령으로 거동이 불편하여 이삿짐 정리를 하지 못하고 계셔서 서초3동장님과 주민센터 직원 5명이 방문하여 그동안 버리지 못하고 쌓아놓은 오래된 짐들을 모두 정리하였는데, 그 분량이 무려 1톤 트럭 한 대 정도의 양이었습니다. 불필요한 물건들을 정리한 후 편안하게 생활하실 수 있도록 이삿짐 정리를 돕고, 쾌적하게 생활하실 수 있도록 청소를 해드렸습니다. 또한 양재 1동 주민 센터에 내방하여 전입신고, 전기, 가스 등의 요금감면 신청 및 대상자가 새로운 지역사회에서 불편함 없이 생활할 수 있도록 도와드렸습니다.

그동안 혼자 외롭게 지내면서 도움받지 못하고, 요청할 방법도 몰랐던 대상자가 이제는 주민 센터를 편안하게 찾아오시게 되었습니다. 또한 타인의 도움을 받는 것보다 스스로 하려는 욕구가 강하셨는데, 이제는 도움이 필요한 부분은 먼저 요청하시고 도와준 직원들에게 진심으로 고마움을 표현하십니다.

양재1동으로 이사 가신 후 입구에서부터 "간호사 있어?" 하며 찾는 소리를 들을 수 없어 아쉬웠는데 일주일에 몇 번씩 서초3동에 직접 버스를 타고 오실 정도로 서초3동 주민센터에 대한 신뢰와 애정을 표현해 주시고 계셔서 감사한 마음이 많이 듭니다.

지하를 벗어나 지상에서 6개월만이라도 살다가 생을 마무리하고 싶다고 하셨던 대상자가 이제는 100살까지 살고 싶다고 말씀하실 정도로 현재 삶에 만족하고 계십니다. 대상자의 삶에서 평생의 소원으로 여겼던 지상에서의 삶을 살 수 있게 해드린 것에 대해 공적 지지체계로서의 뿌듯함을 느꼈습니다. 서초3동 주민센터 동장님을 포함하여 행정팀, 복지팀, 찾동간호사가 하나의 팀이 되어 한마음 한뜻으로 노력한 덕분에 좋은 결과가 나왔다고 생각하고, 이번 경험을 통해 지역사회에 선한 영향력을 끼칠 수 있는 서초3동이 되도록 노력해야겠다고 결심하게 되었습니다.

최근 대상자께서는 정신기능치매이 약화되어 치매지원센터에 연계되어 뇌 MRI 검사를 받았고 결과를 기다리는 중입니다. 앞으로도 대상자의 건강하고 행복한 삶이 유지될 수 있도록 지속적인 노력을 기울일 것입니다. 우리들의 조그마한 관심과 노력으로 대상자 한 분한 분이 신뢰를 가지고 행복한 삶을 영위할 수 있도록, 라포를 형성해 가면서 관계를 맺어갑니다. 건강과 복지는 끝이 없습니다. 기준선도 없습니다. 한 팀이 되어 무한한 창의력과 관심으로 한 분 한 분대상자들을 보듬어 주어야 합니다. 꾸준한 건강, 복지돌봄 서비스제공을 위해 노력하겠습니다.

지하에서 살던 95세 박0순 어르신 사회 지지체계의 힘으로 지상에서 새 삶을 시작합니다.

어르신의 마음을 읽는 1℃ 우리들의 돌봄 행복이야기1_박혜경(서초3동주민센터)

행복의 길을 찾는 과정이란

• 김재원

중앙대학교병원

토요일 저녁 7시 40분. 피곤한 퇴근길 지하철에서 막 내리는데 부서 임상교수에게서 전화가 걸려온다.

"이번 달 on call[1]이시죠? 응급투석 필요한 환자가 ER[2]에 있대요. Hyperkalemia[3]인데 HR 20−30대 정도요. 언제쯤 오실 수 있으세요?"

역에 내려서 인제 걸어가면 곧 집에 도착할 시간. 전화가 걸려온 핸드폰을 만지작거리며 집에서 기다리고 있을 가족들을 뒤로하고 다시 반대 방향 지하철에 올랐다. 아침에 아이들 식사하는 뒷모습에 인사하고 헐레벌떡 나와 저녁에 조금이라도 놀아주고 싶었건마는….

---

1 on call: 긴급상황을 대비한 당번

2 ER(emergency room): 응급실

3 Hyperkalemia(고칼륨혈증): 정상보다 높은 혈중 칼륨수치

주말 저녁 북적북적한 지하철에서 다시 병원으로 향하는 길에 한 숨과 원망의 목소리가 내 안에 가득하다.

한 시간 남짓 걸려 병원에 도착.

숨을 한 번 크게 몰아쉰 후 인공신장센터 문을 열고 바삐 준비한다. 응급실에서 환자가 도착하자 10명은 되어 보이는 보호자의 당황한 얼굴과 제세동기에 연결된 심장박동 소리에 긴장감이 고조되었다.

투석을 시작하고 1시간 정도 경과하니 HR이 분당 50-60회로 오르면서 환자가 제대로 의사를 표현하신다. 인제야 낯선 병원 환경이 보이시는지 두 팔을 휘젓고 가족을 부르는 모습에 손을 꼭 잡아주며 상황을 재차 설명해 드렸다. 투석을 마치고 부랴부랴 차팅을 마무리한 뒤 응급투석을 무사히 마무리하였다는 안도감과 함께 퉁퉁 부은 다리로 병원을 나섰다.

이틀 후 출근을 했는데 뜻밖의 소식이 들려왔다.

"선생님이 투석해 준 그 응급실 환자, ○○○님이 소변이 꽤 나온 대요. 바이탈도 괜찮아서 이후 투석은 보류하자던데요?"

소식을 듣고 갑자기 눈이 번쩍 뜨이더니, 어떻게 표현하기 어려운 기쁨이 몰려오는 것을 느꼈다. 나의 손이 환자에게 행하는 이 일이 이렇게 환자의 생사를 결정짓고 환자와 보호자에게 기쁨을 줄 수 있는 것인데 왜 그때는 피곤한 마음뿐이었을까. 주어진 힘듦을 있는 그대로 받아들였더라면 더 진심으로 온전히 환자를 대할 수 있었을 텐데.

행복은 관점의 변화에서 찾아온다. 관점이 조금만 바뀌면 내가 보는 상황도 전혀 다르게 보인다. 예기치 않은 크고 작은 어려움이 있을 때 그것 자체에 시선을 뺏기지 않고 내가 이를 이겨내야만 하는 목적 또는 내가 도움을 줄 수 있는 대상자를 바라볼 수 있어야 한다. 그렇게 내가 그 고난 위에 올라섰을 때, 나 자신이 더 발전하고 앞으로 나아갈 수 있는 또 하나의 기회가 올 수 있을 것이다.

현 시대의 '고난' 하면 빼놓을 수 없는 코로나19의 확산. 지금 인공신장센터를 오가는 우리 환자들에게는 그 무엇보다 큰 시련이다. 말기신부전 환자는 반드시 주기적(주 3회)으로 병원에 방문해서 혈액투석을 받아야 체내 노폐물을 제거하여 생명을 유지할 수 있기에 안전한 '자가 격리'에 큰 제약이 있을 수밖에 없다. 확진 시 투석 가능한 병원을 정부에서 확인 후 배치할 때까지 대기해야 하는 상황 속에 확진자가 급증하면서, 우리는 불가피하게 따로 시간을 배정하여 코로나19 확진 환자를 대상으로 투석을 시행하게 되었다. 수많은 확진 투석환자를 만났는데 이 중 아직도 잊히지 않는 환자가 있다.

약속된 내원 시간이 지나서 환자가 상기된 얼굴로 도착했는데 쌕쌕거리는 숨소리가 들려온다. 안 그래도 천식이 있는 분이신데 오는 길이 막혔다고 급하게 들어오신 모양이다.

"내가 너무 미안해요 선생님. 내가 코로나는 왜 걸려서 이렇게 선생님들을 고생시킬까요? 감사하고 고마워 죽겠어요 아주…."

정말이지 예기치 못한 환자의 진심어린 고마움이 내 가슴 깊숙이 전해지는 순간이었다.

그 환자는 호흡기 증상으로 몸이 아픈 것에 불평하고 절망감을 가지는 대신, 병원에서 만난 나에게 진심으로 고마움을 표현해 주었고 그것으로 나는 큰 행복감을 느낄 수 있었던 것이다.

사실 코로나 19 시대에 병원 근무자들이라면 형태는 다르지만 누구나 각자의 자리에서 정체모를 불안감과 경계심을 경험한다.

응급상황을 접하고 숱한 확진 환자를 만나면서 생기는 스트레스 상황과 공포심이 우리로 하여금 자신도 모르는 사이에 서로에게 벽을 쌓게 하고 있는 것은 아닐까.

내가 느꼈던 것처럼 인간관계 속의 따뜻함이 오고간다면 비록 형태는 없을지라도 높아져가는 불신의 벽에 균열을 만들고, 행복에 좀 더 가까워질 수 있다는 생각을 해 본다.

행복 VS 고통.

행복은 무엇이든 긍정적으로 선택하는 과정에서 찾아오는 기쁨이라는 말이 있다. 그러기 위해서는 내가 행복하고자 굳게 결심하고, 그 신념을 고수하는 믿음이 필요하다.

행복과 고통은 마음가짐과 선택에 달려있다. 외부환경이나 남에게서 오는 것이 아니다. 나의 가장 가까이에 있는 작고 익숙한 것들 속에서 소중함을 발견하는 것이다. 행복을 느끼는 것의 핵심은 무엇에 주목하느냐다.

오늘 하루를 돌아보며 내가 느꼈던 수많은 감정의 파도 속에서 사랑, 환희, 몰두, 희망, 즐거움을 꺼내어 본다.

나를 똑 닮은 딸애를 품 안에 안고 살을 맞댔을 때 서로 아무 말을 하지 않아도 너와 내가 서로 사랑함이 느껴진다. 그것으로 족하다는 생각에, 그리고 부족함이 느껴지지 않음에 감사할 따름이다. 행복은 정말이지 아주 가까이에 이미 찾아와 있고, 이를 경험하는 것이 어찌 보면 이보다 쉬울 수 있으랴.

행복의 길을 찾는 과정이 그리 멀게만 느껴지지 않는다는 생각에 나는 더욱더 가벼운 발걸음으로 매일의 하루를 기대와 기다림으로 맞이할 것이다.

결국, 사람이 하는 일

● 이영은
에이치플러스 양지병원

애증愛憎, love and hatred : 사랑과 미움을 아울러 이르는 말.

기필코 오늘은 나와 후배들의 끼니를 챙기리라는 출근 전 다짐은 예삿일, 파도처럼 밀려드는 업무에 치여 굶기와 물 한 모금 마시지 않기는 취미가 되었고 난생처음 들어 보는 욕설과 삿대질 공격에도 흔들리지 않는 표정유지는 특기가 되었으며 주치의와 환자를 중재하다 초조하다 못해 검게 타들어가는 내 속은 언제나 숯검정이다. '그래, 딱 여기까지만 하고 미련 없이 떠나자'는 그때의 마음과 달리, 그로부터 4년 후에도 난 왜 지금 이 자리에 있는 걸까? 진지하게 생각한 미래에 대한 고민과 번뇌, 그리고 덧없이 들려오는 수많은 이야기에 대한 내 스스로의 고찰, 이 모든 것에 대한 무게가 고스란히 전해지는 묵직했던 문장_ "다 괜찮아질 거야."

그래, 애증으로 가득한 내 직업은 간호사였다.

동이 트기 전 출근해 해가 한참이나 저물고 난 후에야 퇴근하던 잔인했던 날들, COVID-19 환자를 바라보며 공포라는 녀석의 일부를 보았던 지난날. 터널은 끝이 보이지 않았고 우리의 보통날은 점차 사라지는 중이었다. 병증보다 무서운 것은 막연한 두려움이었다. 참 많은 것을 앗아가며 스스로 작은 괴물이 되어갔는지도 모르겠다. 의심과 불신의 눈초리로 내 이웃을 바라보며 나의 공격심과 폭력성은 날로 커져갔다. 바쁜 척 괜찮은 척 담담한 척 − 공포를 이겨 내고자 하는 내적욕구였을까? 나는 그렇게 날마다 척척 괴물이 되어갔다. 내가 할 수 있고 사랑했던 내 일이 내 자신을 잠식할 무렵, 환자들이 보내온 문자와 글들이 나를 다시 일어서게 했다.

<그동안 감사했습니다!! 힘드실 텐데 항상 조금 일하고 많이 버세요. 파이팅!!>

<그동안 많이 도와주셔서 감사하고 수고 많으셨습니다. 너무 감사합니다!!>

<양지병원 특히 간호사님 감사드립니다. 천사 같은 간호사님께 진심으로 고맙고요. 많은 수고 하셨습니다.>

< (생략) 전신 방호복에 마스크 및 풀 페이스 커버를 한 채로 큰 소리로 치료 방법 주사 성분 각종 투약 내용들을 친절하게 모든 환자들에게 설명하는 모습에 처음 들어온 환자들에게만 그러려니 했는데 일주일간 입원하는 동안 그 어느 누구 하나 열외 없이 한결같은 그들의 모습에 가슴 뭉클함을 느낄 수 있었습니다. 거기다 우리 병실에는 84세 고령 환자 분이 계셨는데 기저질환으로 대소변까지 케어해 드려야 하는 상황에도 싫은 내색 하지 않고 근무하는 모든 분의 목소리 행동 하나에 변함이 없더군요. 퇴원하기 하루 전 늦은 오후에 간호사 분들 중 특히 자주 접했던 한 분이 아침에도 근무했는데 퇴근 안 하시냐는 질문에 '사람이 없고 인원이 모자라서 늦을 때가 종종 있다.'라는 답을 듣고 많은 생각이 들었습니다. 자기중심적으로 변해버린 요즘 세상에 추가 근무수당을 얼마나 받는진 모르지만 본인 시간 버려가며 잠도 푹 못 자며 저렇게 희생하고 열심히 본업에 충실할 사람이 얼마나 있을까 하는 생각이 들며 고맙기도 미안하기도 한 감정이 복잡하게 다가왔습니다. 에이치플러스 양지병원 71병동에 근무하시는 간호사선생님들!!! 그대들은 우리 한국의 영웅이자 보배입니다. 이번 계기로 만약 전 세계 코로나치료 올림픽이 있다면 금메달은 단연코 대한민국이 딸 것임을 확신합니다.>

풍토병을 공부하고 치료 일환의 프로젝트를 기획 실행하며 그와 관련된 일을 해보고자 계획했었던 방랑생활을 제쳐두고 임상으로 다시 돌아올 수 있었던 이유는 내 환자에게서 듣는 따스한 말이 아

니었을까 생각해 본다. 따스한 말 덕분에 나의 행복을 위한 기도-지켜야 할 것을 꼭 지켜내는 강단과 용기가 있는 한 해가 되게 하시고 힘에 부치더라도 슬기롭게 이겨낼 수 있는 하루가 되게 하시며 포기하고 싶어 주저앉고 싶은 이에게는 손 내밀 수 있는 정이 있는 사람이 되게 하소서-도 다시 시작하게 되었다.

  척척하기에 바빴고 무기력했던 생활에서 벗어나 내 스스로의 행복을 찾기 위한 일환으로 일기장을 들춰보기 시작했다. 그리고 운동을 하며 땀을 내기 시작했고, 공책 한 권을 장만하여 끄적거리는 것도 다시 시작했다. 함께 공유하고 싶은 좋은 문장, 단어를 수집하기도 하고, 재미났던 하루를 적기도 하고, 환자에게 느꼈던 오만 가지의 감정을 나열하기도 한다. 가장 최근 환자에게서 느낀 감정은 슬픔이다. 솔직히 그것이 죽은 자에 대한 슬픔인지, 죽음에 대한 두려움인지는 모르겠지만 분명한 것은 언제나 이별은 힘든 거라는 사실이다. 담담한 이별은 없다. 예상되는 이별이든 갑작스런 이별이든, 늘 이별 앞엔 아쉬움과 미련과 후회가 남는다. 이별을 충분히 애도할 시간도 없이 내 자리를 지켜야 했고 마음에 눈물이 흘렀다. 그렇게 꺼져가는 생명을 부여잡고 싶었던 그날의 감정은 '매우 슬픔'이다. 하지만 이렇게 내 감정을 솔직하게 느끼며 그것을 충실하게 고스란히 받아들이면 변화무쌍한 병원 생활에 갑작스럽게 대처할 수 있는 힘이 생긴다.

  임상을 반드시 떠나겠노라고 말한 지 4년이 흐른 지금, 난 왜 이

자리에 돌아왔고 머물고 있는 걸까?

말도 많고 탈도 많았던 이곳, 지겹다 말하지만 하루하루가 새롭던 그때의 간호사 생활이 여전히 그리운 행복으로 남아있다. 허점투성이인 나를 최선을 다해 가르쳐주었고 믿고 기다려 준 선배들, 담당 간호사의 말을 열심히도 들어주던 주치의들, 서로 버팀목이 되어주던 동기와 후배들.

내가 하는 일은 꺼져가는 생명을 살리기 위해 사랑하는 내 동료들과 서로의 온기를 나누는 일, 결국, 어떠한 것도 대체할 수 없는 사람이 하는 일이다. 이 일로 난 매 순간, 숭고하며 거룩하게까지 느껴지는 행복을 체험 중이다. 지금 이 순간에도 생명을 살리기 위해 필사적인 노력을 하는 나의 동료들의 수고로움을 묵묵히 응원한다. 또한, 내 동료들과 환자, 보호자와 함께 지혜롭고 슬기로운 병원생활을 가꾸어 나가길 꿈꿔본다.

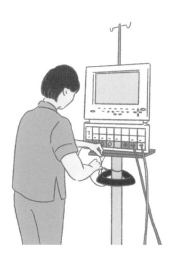

나를 찾아가는 길

• 정혜정

가톨릭대학교 서울성모병원

고등학교 때 한비야 선생님의 책『지도 밖으로 행군하라』를 읽고 난 뒤부터 내 꿈은 '사람들에게 도움이 되는 일을 하는 것'이었다. 그 당시 나는 한비야 선생님처럼 NGO 단체에서 일하고 싶다는 마음이 컸고, '사회복지사가 다른 사람을 돕는 일을 하는 사람이니 일단 사회복지사가 되어야겠다!'라고 생각하고 입시 준비를 시작하였다. 그런 내게 아버지께서 "건강이 모든 일에 있어 최우선인데 다른 것보다 사람들의 건강에 도움이 되는 일을 하는 것이 좋지 않을까? 네가 어릴 때 간호사가 되고 싶다고 했었는데… 사회복지사 말고 간호사가 되는 것은 어때?" 하시며 진로 결정을 바꾸는 데 터닝 포인트를 만들어주셨다. 그렇게 나는 사회복지사가 아닌 간호사가 되기로 마음먹었다.

간호학과에 진학 후 방대한 양의 전공, 쏟아지는 시험과 과제로 밤새워 공부해야 할 나날들이 펼쳐졌고, 과연 내가 잘 해낼 수 있을지 의문이 드는 순간이 많았다. 그러나 병원 실습을 하면서부터 왜 그렇게 많은 공부가 필요했는지 깨달았고, 소극적이고 말주변이 없는 내가 간호사에 어울리는 사람이 되기 위해 어떤 노력을 해야 할지 고민했다. 간호사는 아픈 사람을 돌보는 직업이라 사람들을 대하는 법을 알면 좋겠다는 생각에 서비스업 아르바이트를 시작했다. 여러 아르바이트를 통해 처음 만나는 사람에게 다가가는 법, 의견 차이가 있을 때 조율하는 법, 컴플레인에 대처하는 법 등을 배울 수 있었고, 이때의 경험이 입사 후 환자와 보호자뿐만 아니라 선후배, 타 직종에 종사하는 사람들과의 의사소통에 많은 도움이 되었다.

　학부를 마친 뒤, 간호사 면허증이 나오고 내가 원하던 병원에 입사하면서 너무나도 기뻤다. 어렸을 때부터 할머니와 함께 살았던 가정환경과 더불어 가장 즐겁게 실습했던 곳을 떠올려 희망부서로 내과 병동이나 내과 중환자실을 원했는데 이 또한 이루어져 모든 것이 꿈만 같았다. 기쁜 마음을 안고 처음 부서에 출근했던 날, 환자 옆에 각종 장비들이 즐비하고 알람 소리가 쉴 새 없이 나는 중환자실의 분위기에 압도당해 어깨가 잔뜩 움츠러들었다. 순간 이곳에서 잘 버틸 수 있을까 걱정이 앞섰지만, 천사 같은 프리셉터 선생님을 만나면서 그 걱정은 기우가 되어버렸다. 나의 프리셉터 선생님은 두 달의 트레이닝 기간 동안 한 번도 인상을 찌푸리지 않고 업무를 알려주셨을 뿐만 아니라 이상적인 중환자실 간호사의 모습을 보여주셨다. 어떤 상황에서도 당황하지 않고 차분히 일을 해결해 나가는 모습, 환자들의 말과 행동에 관심을 기울이며 진심을 다하는 모습, 언제나 원칙을 최우선으로 하는 선생님의 모습이 너무나 멋졌고, 자연스레 선생님을 롤모델로 삼게 되었다.

환자에게 처치를 할 때마다 환자가 잘못되진 않을까 걱정하고 두려워했던 나도 연차가 올라가면서 일이 점점 익숙해졌다. 일이 익숙해져 빨라진 것은 좋았지만 종종 기계적으로 일하는 내 모습을 발견하게 되었다. 문득 대학 때 지도 교수님께서 늘 "임상과 학교는 동떨어지면 안 된다. 임상에 있으면서 대학원을 가는 것을 추천한다." 고 말씀하셨던 것이 생각났고, 실제로 대학원과 일을 병행하는 선배 선생님들을 가까이에서 보며 자연스레 나도 대학원에 가야겠다는 생각이 들었다. 그렇게 간 대학원에서 타 부서, 타 병원, 타 직종에서 근무하는 선생님들을 만나고 대화하면서 간호사가 병원뿐만 아니라 다양한 곳에서 할 수 있는 일이 많다는 것을 느꼈고 나에겐 임상이 제일 잘 맞는다는 사실도 다시금 깨달았다. 또 간호 이론과 철학을 배우면서 너무 익숙해져서 기계적으로 행했던 내 간호 행위에 다시 의미를 새겨넣을 수 있었다. 일과 대학원을 병행한다는 것은 쉽지 않은 여정이었지만 먼저 이 과정을 경험한 선배 선생님들의 지지와 조언들이 나를 이끌어주었고, 이맘때쯤 만난 환자에게 받았던 편지가 마음을 풍요롭게 했다.

연차가 쌓이면서 후배들이 많이 생겼고 어떻게 해야 좋은 선배가 될 수 있을지를 생각하는 시간이 많아졌다. 이 고민은 내가 차지와 프리셉터를 같이 시작하게 되면서 절정을 이루었다. 부족함이 없는 차지가 되고 싶었고, 내 프리셉터 선생님처럼 나도 내 프리셉티에게 좋은 영향을 주는 프리셉터가 되고 싶었다. 어떻게 하면 선생님처럼 잘할 수 있을지 프리셉터 선생님께 여쭤봤을 때, "모든 걸 다 알고 일할 순 없어. 모르는 것이 있을 수 있다는 걸 인정하고 늘 배우는 마음으로 일해야 해.", "신규 가르칠 땐 다 내려놓고 기다려주고 이해해줘."라는 말씀을 들었다. 어느 정도 연차가 되면 모르는 게 있다는 것이 부끄러운 일이라고 생각했던 나는 내심 놀랐다. 하지만 선생님의 말씀대로 모르는 게 있을 때 인정하니 마음에 여유가 생겼고, 선후배나 동기와 같이 찾아보며 집단지성의 힘을 통해 더 좋은 방향으로 나아가거나 새로운 아이디어를 만들어내기도 했다. 또한 프리셉티를 가르치며 '내려놓고 기다려주고 이해해주는 것'이 얼마나 중요한지 느낄 수 있었고 나에게 한 번도 화를 내지 않은 프리셉터 선생님의 대단함도 느꼈다. 비단 프리셉티를 가르칠 때뿐만 아니라 모든 사람들을 대할 때 필요한 마음가짐이라고 생각해 그때부터 지금까지 늘 마음에 새기고 실천하려고 노력 중이다.

　내가 처음 간호사라는 직업을 선택할 땐 아버지께서, 간호사라는 직업을 가진 후 어려움이 있을 땐 동기와 선후배들이…. 하늘에서 내려준 동아줄처럼 내가 고민하던 모든 순간에 좋은 길잡이가 되어

준 사람들이 있어 지치지 않고 나의 길을 걸어갈 수 있었다. 그런 내게 간호사로 지내면서 언제가 가장 행복했냐고 누군가 묻는다면, 나는 '간호사가 되겠다고 마음먹었던 그 순간부터 지금까지 늘'이라고 대답할 것이다. 내가 원하는 곳에서 좋은 사람들과 함께 일을 하고, 나의 간호를 통해 건강을 회복해가는 환자들을 보며 보람을 느끼고, 나의 꿈인 '사람들에게 도움이 되는 일을 하는 것'을 이루었다고 생각하기 때문이다.

'내가 필요한 곳에서 적절한 쓰임이 될 수 있도록 하자'는 삶의 목표를 가지고 간호사로서 살아가고 있는 내 앞에는 걸어온 길보다 걸어갈 길이 몇 배는 더 많이 남았다. 내가 행복한 간호사가 될 수 있게 나에게 길잡이가 되어준 많은 사람들처럼, 나도 후배들이 힘들고 지칠 때 위로와 격려를 해주는 사람이 될 것이다. 환경이 사람을 만든다고 생각하기 때문에 좋은 부서 분위기를 유지하기 위해 늘 힘쓰며 그 길을 걸어갈 것이다.

항상 날 이끌어주는 든든한 선배, 나와 함께 걸어가 주는 동기와 후배들과 함께라면 지금까지와 같이 행복한 여정이 될 것이라 믿는다. 글을 마무리하며 다시 한번 나와 함께해 주는 나의 동료들에게 감사하고 또 감사하다고 전하고 싶다.

간호사가 된 나, 내가 된 간호사

• 이문정

이화여자대학교 의과대학 부속 서울병원

나는 첫 간호사의 시작을 신경계 중환자실에서 하였고 지금은 6년 차 간호사이다. 간호사란 직업을 선택한 건 내 인생의 turning point 였다. 나를 좀 더 나은 사람으로 만들어 주었기 때문에 나는 행복한 간호사라고 당당히 말할 수 있다. 그래서 짧은 경력이지만 나를 나답게 만들어 준 그 시간들에 대해 이야기해보려 한다.

주위 사람들에게 중환자실 간호사라고 하면 10명 중의 9명은 안타까움 내지는 대단하다는 듯한 시선으로 쳐다본다. 죽는 사람도 많이 보고 정신적으로나 육체적으로나 힘들겠다고들 말한다. 입사 후 첫 2년간은 부모님이 수시로 전화하셔서 "힘들지 않니?" "너무 힘들면 그만둬도 돼"라며 안부 인사를 시작하곤 했었다. 물론 나에게도 많은 고비가 있었고 도망가고 싶었던 적이 한두 번이 아니다. 하지만 지금 돌이켜보면 모든 순간이 나에게는 배움의 연속이었고 방황하던 나를 바로잡아 준 일이기에 간호사로서의 삶은 나에게 삶을 영위하는 수단 그 이상이라고 말하고 싶다. 대부분의 사람들이 일생의 절반 이상을 노동이라는 것을 하며 보내는데 그 직업에 100% 만족하며 행복하다고 자신 있게 말할 수 있는 사람이 몇이나 될까? 나는 간호사가 되어서 주위 사람들에게 당당하게 "나는 중환자실 간호사예요."라고 말하는 나 자신이 좋고, 수많은 중환자들을 돌보며 안정을 되찾고 나가는 모습에 기여한 나 자신이 뿌듯하고, 죽음이 임박한 환자들의 마지막을 내 손길로 잘 정리하여 보내드리고 함께 아파하고 애도할 수 있는 나 자신이 인간적으로 느껴져서 좋다.

사실 나는 딱히 무엇 하나 내세울 것이 없는 사람이다. 10대와 20대 때의 삶은 방황의 연속이었다. 꿈도 없었고 특출나게 잘하는 것도 없었다. 목표도 당연히 없었다. 여행 다니는 것이 유일한 삶의 낙이었고 아무 대학이나 가서 대충 돈 많이 버는 일을 하는 것이 목표였다. 나의 첫 직업은 크루즈 승무원이었다. 세계 이곳저곳으로 여행 다니는 것이 좋아 선택한 직업이었는데 6개월도 안 되어 그만두었다. 하루 종일 서서 일하는 것이 싫었고 멀미가 나서 너무 힘든데도 항상 미소 띤 얼굴로 사람들을 응대하는 것이 힘들었다. 이후 2~3년간은 그냥 놀기만 했다. 일상이 점점 무료해질 때쯤 부모님의 권유로 간호대학교에 입학했다. 20대 중반의 나이로 소위 놀 만큼 놀았고 부모님 속도 많이 썩인 만큼 이제는 내 인생에서 무엇 하나는 잘 마무리하고 싶은 욕심이 생겼다. 간호학과 공부를 시작하며 내 마음속에서 열정이 피어나기 시작했다. 인체와 질병에 대해 공부하는 것이 재밌었고 대학 생활을 잘 마쳐보자는 목표가 생겼다. 나의 목표는 4년 동안 장학금을 받을 것, 교내외 활동은 무조건 참여할 것, 해외연수는 반드시 갈 것이었다. 4년 내내 그 누구보다 열정적으로 살았고 결국 내가 설정한 모든 목표도 이루었다. 이제 간호사로의 첫 출발을 어디서 하느냐가 또 다른 문제로 다가왔다.

나는 삶의 목표가 뚜렷한 사람은 아니었지만 그렇다고 내가 맡은 일에 무책임한 사람은 아니다. 어딜 가든 사람들의 인정을 받았고 누구와도 두루두루 잘 지냈다. 취업시즌에 많은 대학병원에 원서를 냈으나 모두 떨어졌다. 누구보다 4년을 열심히 살았지만 현실은 차가웠다. 예전의 나였으면 또 도망가고 포기했을 것이다. 노력은 그 대가를 배신하지 않는다는 말이 있다. 나는 이 말을 참 좋아한다. 포기하지 않고 꾸준히 노력한 대가로 이대목동병원 신경계 중환자실에서 첫 간호사 생활을 시작하게 되었다.

신규 간호사 시절은 나의 간호사 생활에서 절대로 잊을 수 없는 날들이다. 아직도 그때의 기억이 트라우마 또는 흑역사로 남아 있지만 그때의 시간이 없었더라면 간호사라는 직업이 나에게 덜 간절하고 소중했을 것이다. 학생 간호사와 간호사는 전혀 달랐다. 간호사로서 책임과 의무가 뒤따랐다. 내가 환자를 얼마나 알고 간호하느냐에 따라서 환자의 상태가 달라진다고 생각하니 너무 겁이 났다. 이러한 무거운 책임감 때문에 매일 출근하는 것이 두려웠다. 모든 일을 척척 하는 선임 간호사들이 멋있었고 나는 절대로 그들처럼 될 수 없을 것 같았다. 내가 담당한 환자 중에 혈압이 떨어져 승압제를 달고 있는 환자가 있었다. 신장질환과 낮은 혈압으로 소변이 안 나오는 환자였고 좀 더 지켜봐도 될 상황인데 소변이 나오지 않는다고 노티했다가 꾸중을 들은 적이 있다. 또 다른 환자는 dehydration[1]으로 빈맥이 보이던 환자였는데 plasma solution loading[2] 하라는 오더를 수행할 줄 몰라 쩔쩔매던 때도 있었다. 신규 간호사 4개월쯤 무렵에는 환자들의 오더가 다 비슷하고 들어가는 약이 정해진 것들이 많아 그저 일상처럼 생각 없이 일하다가 큰 위기가 찾아왔다. 일반병동으로 전실한 환자였는데 내가 그 환자를 보내면서 수액에 다른 환자 라벨을 붙여서 보낸 것이었다. 그날 저녁 병동에서 온 연락을 받고 응급 사직을 생각했다. 이런 기본적인 것들도 확인하지 못한 나 자신이 싫었고 무엇 하나 환자에게 도움이 되지 못하고 병동에 민폐만 끼치는 간호사라는 죄책감이 들었다. 그 뒤로 일을 대충하는 간호사 또는 기본적인 것도 지키지 않는 간호사라는 시선이 따라다니는 것 같아 심적으로 너무 힘들었다. 그렇지만 나는 견뎠다. 누구에게나 실수는 있을 수 있고 그 실수를 반복하지 말자는 생각과

1 dehydration(탈수증); 체내의 수분, 즉 체액의 부족을 초래한 상태
2 plasma solution loading; 순환 혈액량 감소 시 체액의 보급을 위해 투여하는 수액용 주사제로 빠른 속도로 주입하는 것

내 위치에서 조금씩 노력하다 보면 언젠가는 나도 이곳의 구성원이 될 수 있을 거라고 수없이 되뇌었다. 무엇보다 나도 선임 간호사들처럼 의학적 지식과 경험을 바탕으로 의사들과 적극적으로 의사소통하고 환자를 잘 보고 대처할 수 있는 간호사가 되고 싶었다.

입원한 지 2일 된 환자가 있었다. ventilator fighting[3]에 발한과 고열에 tachycardia[4]가 지속적으로 보이면서 ECG[5]리듬이 이상했다. 나는 무엇이 문제인지 복합적이고 비판적인 사고를 할 수 있는 능력이 부족했고 무작정 의사를 불렀다. "이 환자 좀 봐주세요!!"라고 소리를 질렀다. 그 순간 pulseless V-tach[6]이 보였다. 물론 이론적으로는 알고 있었지만 이런 상황은 처음이라 나도 덩달아 가슴이 두근거리고 손이 떨렸다. 결국 CPR[7]을 했고 환자는 ROSC[8] 되었다. 다음 날 선임 간호사 선생님들이 나에게 "대단한데? 선생님이 일찍 발견해서 환자를 살린 거야!"라고 말해주셨다. 순간 '아! 이게 중환자실 간호사의 매력이구나!'라고 생각했다. 나는 그렇게 간호사라는

---

3 ventilator fighting(인공호흡기 충돌); 자발호흡과 인공호흡기 호흡 사이에서 충돌이 일어나는 것

4 tachycardia(빈맥); 심장 박동수가 분당 100회 이상으로 빨라져 있는 상태

5 ECG(Electronic Cardiac Graph, 심전도); 심장을 박동하게 하는 전기 신호의 간격과 강도를 기록하는 검사

6 pulseless V-tach(Pulseless Ventricular-tachycardia, 무맥성 심실빈맥): 심실의 심근에서 질서적인 전기적 활동이 생성되나 효과적인 혈액의 심박출이 일어나지 않는 상태

7 CPR(Cardio Pulmonary Resuscitation, 심폐소생술): 심장의 기능이 정지하거나 호흡이 멈추었을 때 사용하는 응급처치

8 ROSC(Return of Spontaneous circulation, 자발 순환 회복): 심폐 정지 상태에서 심장이 다시 박동을 시작하는 것

직업에 점점 녹아들었다.

　중환자실 간호사로 일하면서 2년, 3년이 지나고 점점 여러 가지 복합적인 일에 대처하는 능력이 생겼다. 내가 항상 선망하던 선임 간호사의 모습으로 조금씩 다가가고 있었다. 이제 환자의 질환과 여러 가지 시술 및 응급상황에 대처할 수 있는 능력이 갖춰지니 본질적인 간호를 할 수 있을 정도로 시야가 넓어졌다. 온 병동을 뛰어다니지 않아도 느긋하게 일을 할 수 있는 마음의 여유가 생겼다. 환자의 주변 환경을 정돈하고 의식이 없는 환자는 욕창이 생기지 않았는지 피부 상태를 꼼꼼히 확인해주고 구강 위생 상태가 불량한 환자에게는 구강위생을 한 번 더 챙겨주는 등 아주 기본적인 간호를 세심하게 챙길 수 있는 여유 말이다.

　신경계 중환자실의 매력이 무엇이냐고 묻는다면 과 특성상 의식이 없는 환자들이 대부분이라 내가 환자를 생각하는 만큼 해줄 수 있는 것이 참 많고 내 손길이 닿지 않는 곳이 없다는 것이다. 여러 가지 기본간호에 더해 환자의 의학적 상태를 더 고민해보고 내가 더 할 수 있는 것들이 없는지 챙기다 보면 몸이 힘든 것보다 뿌듯함을 더 많이 느낀다. 오늘도 내가 '나의 환자를 위해 이런 것들을 했구나'라고 생각하면 내가 좀 더 가치 있는 사람으로 느껴진다.

　나는 환자를 간호할 때 반드시 지키려 하는 몇 가지 기본원칙들이 있다. 주위 의료기기 및 물품들은 항상 가지런히 정돈되어 있어야 하고 환자의 위생 상태는 깨끗해야 하며 업무 시작 시에는 환자의 머리끝부터 발끝까지 모든 사항들을 꼼꼼히 점검하는 것이다. 그리고 사망이 임박한 환자들에게는 더 이상 의학적으로 해줄 수 있는 것이 없기에 간호사로서 할 수 있는 일이 무엇일지 더 고민한다. 환자의 마지막을 가장 가까이서 함께하는 사람이 나이기 때문에 환자가 좀 더 편하게 갈 수 있도록 더 세심히 케어하려고 한다. 그래서인지 주위 동료 간호사들은 나에게 항상 바빠 보인다고 한다.

어느덧 6년 차 간호사가 되고 누군가는 매너리즘에 빠질 시기라고들 하지만 나는 여전히 현장에서 환자를 케어하는 일이 재밌고 환자를 돌보며 새로운 의학적 지식에 대해 알아가는 것이 흥미롭다. 어떤 날은 물 한 잔 먹을 시간 없이 땀을 흘리며 일을 하지만, 여러 동료들과 손발 맞춰 환자를 살리기 위해 이리 뛰고 저리 뛰어다니다가 결국 환자가 안정을 되찾을 때 가슴속에서 짜릿한 희열이 느껴진다. 이상하게도 몸은 녹초가 되지만 마음만은 그 어느 때보다 활력이 넘쳐난다. 바쁘고 힘든 날들이면 입버릇처럼 "나 그만둘래!"라는 말을 내뱉곤 하지만 환자를 돌보면서 느낀 보람찬 기억의 조각들이 나를 중환자실에서 벗어날 수 없게 만든다. 그래서 나는 병원에서 있을 때 비로소 내가 나답게 느껴져서 병원이 좋고, 간호사라서 행복하다.

얼마 전 나는 소화기 내시경실로 부서 이동을 했다. 이곳의 업무는 내가 지금껏 하던 중환자 간호 업무와는 많이 다르다. 그렇지만 어느 곳에나 간호사로서 할 수 있는 일은 무궁무진하며 이곳에서 나의 간호사 이야기를 새로 만들어갈 예정이다. 앞으로 또 5년 그리고 10년이 흘렀을 때 내가 얼마나 성장해 있을지, 얼마나 더 많은 환자들을 케어하고 살릴지 그 시간들이 너무나도 기대가 된다.

모두가 영웅입니다

• 정경희
동작구 보건소

2022년 2월 3일, 공무원 합격의 기쁨도 잠시, 임용식을 마치고 내가 가게 된 첫 근무지는 동작구 보건소 선별진료소였다. 규정이나 지침, 인력 상황 등 모든 것이 불확실한 상황에서 시작된 데다가 선별진료소는 물론 보건소 근무 자체가 처음이었던 나에게 하루하루가 정신없는 날들이 펼쳐졌다. 아침에 출근하면 장갑, 고글, N95 마스크에 방호복을 갖춰 입고 대상자들의 진료 및 검사를 돕는 것이 주 업무였다. 그러다 보면 한겨울임에도 불구하고 방호복 안에서는 땀이 송글송글 맺히고 고글에는 습기가 차 앞을 보기 어려울 정도였으며 마스크의 강한 압박으로 숨이 막힐 지경이었다. 수시로 선별진료소 위생 상태를 확인 및 정리하고 각종 일반, 의료폐기물 등을 수집하여 수거 장소까지 운반하고 새로운 수거함을 만드는 것 또한 우리의 업무였다. 메르스 등 다른 감염병들처럼 1~2개월 정도면 끝나리라 믿었지만, 끝이 나기는커녕 점점 수위가 높아져 방역 조치는 강화되고 검사량도 점점 늘어만 갔다.

보건소가 점차 인력을 구성하고 업무지침을 정하면서 업무환경은 차츰 개선되었지만 잊을 만하면 발생하는 확진자 동선 공개에 검사자가 몰리는 날이면 끝이 없는 검사행렬에 몸과 마음이 황폐해져서 집에 돌아가기 일쑤였다.

보건소 내 선별진료소에서는 학교나 요양시설 등 감염병에 취약한 고위험 밀집장소에 확진자가 발생하면 직접 검사진이 찾아가기도 했다. 날씨가 더워지기 시작하던 어느 날이었다. 한 초등학교에서 확진자가 발생하여 전교생 및 직원의 검사를 위하여 출장을 간 일이 있었다. 그 무렵 다른 구 보건소에서 학교 방문 검진을 하다가 간호사가 탈진하여 쓰러지는 일이 발생하여 뉴스에 보도된 바 있었기에 그늘로 이루어진 공간에서 주의하며 검사를 진행했지만 아무리 그늘이라고 해도 더운 날 야외에서 방호복을 입고 연이어 수백 명을 검사를 하기란 힘들지 않을 수가 없었다. '이러니까 사람이 쓰러지는구나.' 하는 생각이 들 때쯤 검사가 끝이 났다. 또 원인 미상의 변사자가 발생하여 검사가 의뢰된 사건도 있었다. 무연고자의 사망원인을 파악하고자 한 병원의 영안실을 방문하여 사망한 지 며칠이나 지난 사체를 검사한 일인데 중환자실에서 많은 사망환자를 봐왔던 나였음에도 불구하고 꽤나 충격적이었던 그날의 광경과 냄새 등은 평생 잊지 못할 강렬한 기억으로 남아있다.

그렇게 7개월간의 고된 선별진료소 근무를 마치고 간 다음 근무지는 방역 대책본부 상황실이었다. 솔직히 상황실로 가기 전까지 나는 선별진료실 업무가 워낙 버거웠기 때문에 '뭐가 됐든 선별진료소보다는 낫겠지'라는 생각을 했던 것이 사실이다. 하지만 막상 가서 하게 된 역학조사 및 자가격리자 관리 등의 업무는 상상초월 그 자체였다.

　　확진자가 발생하면 그 증상과 나이를 고려하여 병상을 배정하고, 병상이나 생활치료 센터로 환자를 이송해주었다. 또 확진자의 동선을 파악하여 그에 따라 접촉자를 분류하고 자가격리를 통보, 격리자에게 격리수칙에 대해 안내하고 증상 발생 여부 및 격리지침 준수 여부 모니터링 등의 업무를 했다.

　　이 과정에서 순순히 격리상황을 받아들이는 사람은 많지 않았다. "니가 뭔데 집 밖을 나오지 못하게 하느냐" 등 따지며 폭언을 듣기도 하고, 심지어 격리 통보를 무시하고 집 밖으로 나오는 경우도 종종 발생했다. 격리장소를 이탈하는 상황이 발생하면 보건소 직원은 안전재난담당관과 협력하여 이탈자에게 안심밴드라는 위치추적 팔찌를 채우기 위해 출동했다. 그중 가장 기억나는 한 이탈자는 단순히 집 밖을 나오는 것에 그치지 않고 강남구 소재 사무실까지 이동하여 다른 직원들과 함께 업무를 하고 있었다. 더 놀라운 것은 그 사실을 거리낌 없이 우리에게 말해주었다는 것이다. 나는 어렵게 전화상으로 설득하여 집으로 몇 시까지 귀가하도록 약속을 받아냈다. 약속한 시간이 되어 안심밴드를 채우기 위해 안전재난담당관과 해당

격리자의 집에 찾아갔다. 혹시나 하는 생각이었지만 역시나 그분은 들어오지 않았고 집 안에는 인기척도 없었다. 결국 경찰에 신고하여 위치를 추적한 결과 아직 강남구로 소재가 파악되었다. 강남구 파출소와 공조 작전을 펼쳐가며 밤 12시까지 그의 집 앞에 잠복근무를 한 끝에 결국 이탈자에게 안심밴드를 팔에 채우고 돌아온 적도 있었다. 업무 정체성에 대한 대혼란이 느껴지는 순간이었다.

상황실에서의 업무는 끝이 없었다. 확진자의 발생을 시작으로 꼬리에 꼬리를 물고 연결되는 업무들이 산더미였다. 확진자가 많이 발생한 날에는 병상이 부족하여 집에서 대기하는 상황도 있었는데, 환자분이 고령이거나 증상이 심한 경우 혹시나 밤사이 안 좋은 일이 생기지는 않을까 하는 걱정에 잠 못 이루는 날도 비일비재했다.

그렇게 다시 7개월… 밤낮 없는 상황실에서의 하루하루가 지긋지긋하게 느껴질 무렵 코로나19 예방접종이 시작되었고 나는 또 근무지를 이동하여 예방접종센터 전담간호사로 근무를 하게 되었다.

접종센터는 선별진료소에 비하면 지침이나 매뉴얼이 어느 정도 구성된 상태에서 시작되었다지만 선례가 없던 업무를 해야 했기에 무에서 유를 창조하는 기분마저 들었다. 컴퓨터에 프로그램을 내려받는 것부터 시작하여 피접종자의 동선 안에 불편함이 없도록 센터 환경을 하나하나 세팅해 나갔다.

예방접종센터의 접수과정부터 이상반응 관찰 등 내부, 외부에서 투입된 모든 직원에게 접종 절차 및 질병관리청 시스템에 관해 교육했고, 접종간호사와 의사 등 의료진에게는 특히나 수시로 바뀌는 지침들을 즉각 전달하고 교육해야 했다.

예방접종센터에서는 화이자를 접종했는데 코로나19 예방접종 중 특히 화이자는 분주를 해야 하는 약물적인 특성과 더불어 접종과정이 국가예방접종과는 다른 점이 많았기에 접종을 많이 해본 의료진들에게도 교육하고 전달해야 할 지침의 내용이 많았다. 또한 대상자 구분값이 수시로 추가되고 지침도 너무 자주 변동되는 탓에 나조차도 이해가 가지 않는 상황이 발생하기도 했는데, 그것을 의료진이나 대상자들에게 이해시켜야 할 때는 머릿속이 새하얘지곤 했다. 실제로 이 시기에 가장 많은 멍때림을 경험한 것 같다.

위탁의료기관의 예방접종이 시작되면서부터는 민간의료기관의 종사자 교육도 해야 했다. 약물 관리 및 분주하는 과정부터 시작하여 접종, 이상반응 모니터링까지 일련의 과정을 직접 시연해 보이며 교육했으나 이 모든 과정을 한 번에 이해하고 실무에 즉시 적용하기에는 무리가 있었다. 이에 우리는 분주과정 등을 동영상으로 제작하고 메신저 단체대화방을 만들어 이 동영상을 업로드했다. 글보다는 영상으로 그 과정을 익히고 또 반복적으로 볼 수 있다 보니 이해도는 훨씬 높았다. 단체 대화방을 통하여 서로의 궁금한 점을 공유하여 소통할 수 있으니 일대일 교육보다 효율적이기도 했다. 업무시간 이외에 카톡이 오는 일이 허다했고 개인적으로 엉뚱한 질문을 하는 경우도 있어 대화방 운영도 어려움이 많았으나 유익한 점이 더 많았기에 이 단체대화방은 아직도 유지 중이며 지침변경 및 주요공지 등을 위한 정보의 소통창구로 이용되고 있다.

지난 2년 6개월간 선별진료실부터 자가격리팀, 역학조사팀, 예방접종센터, 예방접종 위탁의료기관 관리 업무까지 보건소의 코로나19 관련 업무를 다양하게 경험한 나는 "그중에 뭐가 가장 힘들었어?"라는 질문을 종종 듣곤 한다. 그 질문에 선뜻 대답을 할 수 없었다. 어느하나 빼놓고 말할 수 없을 만큼 모든 업무가 힘들었기 때문이다. 한부서에만 있었다면 표면적으로만 느꼈을 각 부서의 고충을 직접 겪어 내다 보니 내가 해보지 못한 다른 업무들 역시 많은 고충이 있었으리라는 짐작이 간다.

보건소 직원뿐 아니라 전국의 모든 의료진은 각자의 일터에서 저마다의 어려움을 겪으며 극한의 고통을 감수해왔을 것이다. 더 나아가 전국의 자영업자를 비롯한 대다수의 국민들 역시 전례 없던 전염병으로 인한 경제침체 등으로 생계에 큰 어려움을 겪으면서도 개인의 이익보다는 인원수 제한 등 방역지침을 준수하기 위해 무수한 노력을 해왔다.

본인들의 어려움에도 불구하고 의료진을 먼저 응원하고 서로 위로해주는 모습을 보며 이런 따뜻한 대한민국의 일원임이 항상 감사했다. 당연히 나에게 맡겨진 업무를 하는 것뿐인데 과분한 칭찬과 응원을 해 주실 때마다 내가 이곳에 와서 누군가에게 도움이 되고 있다는 생각에 업무에 대한 자부심을 가질 수 있었고, 이는 열심히 근무할 수 있는 원동력이 되었다.

"더운데 고생 많으십니다."라는 따뜻한 말 한마디, [덕분에 챌린지]를 통한 감사의 손짓 하나가 지친 마음에 큰 힘이 되었고, 나도 누군가의 노고에 대해 먼저 알아차리고 아낌없는 칭찬과 격려를 하는 사람이 되어야겠다고 느꼈다.

의료진의 노력뿐 아니라 방역지침에 적극 협조해주신 분들 덕분에 이 어려운 상황을 잘 헤쳐 나갈 수 있었다고 생각한다, 앞으로도 전 국민이 힘을 모아 코로나19가 하루빨리 종식되기를 기원하며 모든 국민에게 이 말을 전하며 이 글을 마치고자 한다. "대한민국 국민 모두가 영웅입니다."

감사합니다.

간호사를 위한 응원의 메세지

김대진 | 한국예술종합학교 총장

팬데믹이라는 힘들고 어려운 환경 속에서도 긍정적인 마음으로 주어진 역할에 최선을 다하는 간호사분들이 있기에 지금의 이 고난도 극복할 수 있을 것이라고 생각됩니다. 늘 곁에서 희망이 되어주셔서 감사합니다.

이강호 | 한국예술종합학교 음악원 원장

비대면이 일상이 된 지 2년이 넘는 오랜 기간에도 우리가 희망을 꿈꿀 수 있음은 책임감과 사명감으로 현장에서 일하고 계시는 간호사분들의 헌신과 노력이 있었기 때문일 것입니다. 간호사 여러분들 정말 고맙습니다.

유준상 | 배우

안녕하세요. 배우 유준상입니다. 매번 고생하시는 많은 분께 항상 감사한 마음입니다. 힘드실 텐데도 내색하지 않고 밝고 묵묵히 환자분들을 맞이하시는 간호사분들에게 조금이나마 응원이 되었으면 합니다.
건강 유의하시고 힘내세요! 우리의 간호사님들 파이팅입니다!

차서원 | 배우

'나의 간호를 받는 사람들의 안녕을 위하여 헌신하겠습니다'라고 하셨던 나이팅게일 선서처럼 저도 여러분께 받은 사랑과 헌신으로 좋은 영향력을 줄 수 있는 연기자가 되겠습니다. 그리고 최선을 다해 그 사랑을 나눔으로 실천하는 사람이 되겠습니다. 늘 감사합니다! 행복하세요!

강다니엘 | 가수

안녕하세요. 강다니엘입니다.

코로나 전선에서 가장 앞서서 질병과 싸워 주시고 힘써 주신 간호사분들께 진심 어린 감사의 표현을 전하고 싶습니다.
긴 시간 동안 바람 한 점 들어오지 않는 방호복을 입고 애써 주신 간호사분들의 살뜰한 보살핌과 방역을 위한 노력 덕분에 모두가
코로나로부터 안전할 수 있었습니다.
그 수고와 노력을 잊지 않겠습니다.
그동안 환자의 안전과 행복을 위해 힘써 주셨던 만큼,
간호사분들께서도 일상에서의 행복을 되찾고 항상
건강하시길 바랍니다. 감사합니다.

이상민 | 연예기획자, 가수

감사합니다. 사랑합니다. 당신들이 있어
우리가 웃을 수 있습니다.
당신들의 땀, 노력 평생 간직하겠습니다.
사랑합니다 건강 유의하시고 힘내세요! 우리의 간호사님들 파이팅입
니다!

Brave girls(민영, 유정, 은지, 유나) | 가수

코로나 전선에서 질병과 싸워주시고 힘써주셔서 감사합니다.
고생해주셔서 너무 감사합니다.
언제나 응원해요. 힘내세요. 감사합니다.

이보영 | 영어교육가, ㈜미소아대표이사

한 차례 코로나를 앓으며 통증만큼이나 두려움의 무게가 참 무거웠
지요. 이런 위험과 고통, 공포가 범벅이 된 의료 현장에서 뵌 간호사
님들은 절대 묵묵하지만은 않았습니다. 위로와 안심을 주는 노련한
손길과 마스크 넘어 작지만 또렷한 음성, 그리고 부드러운 눈웃음에
서 약만큼이나 강력한 치유 효과를 받았지요. 덕분에 감사하게도 오
늘도 건강히 살아갑니다. 우리 다 같이 더 많이 함께 웃을 수 있도록
진심으로 응원합니다.

정석훈 | 서울아산병원 정신건강의학과 교수

여러분들은 코로나 위기라는 무거운 천장을 받치는 여러 기둥 중 가장 견고하고 거대한 기둥입니다. 기둥은, 옆에서 볼 때는 크게 무리 없이 천장을 지탱하는 것처럼 보이지만, 실제로는 무거운 천장의 하중을 올곧이 묵묵히 견디고 있습니다.

우리의 어깨를 누르던 코로나의 무게가 하루빨리 가벼워지기를 바랍니다. 고군분투하는 여러분들을 응원합니다.

김성신 | 편집소위원, 강북삼성병원

세상에서 가장 아름다운 직업 중 하나인 간호사
우리 간호사들이 모두 행복해지는 그날까지 함께 하겠습니다.

김은실 | 편집소위원, 강동성심병원

행복한 간호사!
따뜻한 간호사!
간호현장 곳곳에서 최선을 다하고 있는 우리는 정말 멋진 사람들입니다.
몸과 마음 건강하게, 행복하고 따뜻한 간호사 모두를 응원합니다.
사랑합니다.

서현기 | 편집소위원, 경희의료원

늘 자기일에 열정인 사람 세상을 이롭게하는전문가

그대이름은 간호사

당신은 사랑받을 자격이 있습니다. 행복할 권리가 있습니다.

우리 이름은 간호사입니다.

유현정 | 편집소위원, 강남세브란스병원

환자의 최상의 건강을 위해 항상 아낌없는 노력을 하시는 간호사 선생님들을 응원합니다. 언제나 환자, 보호자, 도움이 필요한 사람들과 함께 하는 선생님들의 간호가 드러나지는 않아도 항상 그 자리에서 반짝이는 밤하늘의 별처럼 영원하고 빛이 나길 바랍니다.

이현아 | 편집소위원, 이대서울병원

"한 송이 국화꽃을 피우기 위해 봄부터 소쩍새는 그렇게 울었나 보다." 서정주 시인의 시구절이 문득 떠오르며 귀한 생명을 돌보기 위해 신규간호사 때부터 온 힘으로 뛰어다니는 우리 병원 간호사님들의 모습이 오버랩되었습니다. 그 힘든 임상현장에서 귀한 행복을 느끼는 모습 또한 참으로 눈물겹게 멋지십니다. 이제는 간호사님들의 행복도 돌아보며 사는 모습을 응원합니다.

한세영 | 편집소위원, 서울대학교병원

여러분들의 소중한 이야기를 담은 행복 수기집 발간을 진심으로 축하드립니다.

병원뿐만 아니라 간호가 필요한 곳이라면 어디든 환자와 함께하고 있는 모든 간호사님에게 수기집을 통해 위로와 공감이 전달되기를 바라며, 모든 분의 일상이 행복을 차곡차곡 채워가는 시간이 되기를 기원합니다.

Memo

Memo

Memo